딜리터
사라지게 해드립니다

딜리터

사라지게 해드립니다

김종혁 장편소설

자이언트북스

차례

1장

딜리터deleter들이 마음만 먹으면 천지창조도 없었던 걸로 할 수 있다. 파괴는 창조보다 자연스럽고, 만드는 것보다 부수는 게 훨씬 쉽다. 그리는 것보다 지우는 일이 간단하다. 하느님과 인간이 거대한 대결을 벌이는 장면을 상상해보자. 우주의 한쪽에서 하느님은 계속 만들어내고 인간들이 그 뒤를 쫓아가면서 지워나가는 시합을 벌인다면, 하느님은 금방 따라잡힐 것이다. 하느님이라도 별수없다. 지우는 건 인간들이 최고다. 지구가 그 증거다. 나무와 풀과 온갖 생명체가 끊임없이 생겨나지만 얼마 가지 못하고 지워진다. 지우는 걸 최고로 잘하는 인간들 중에서도 가장 잘지우는 사람들이 바로 딜리터들이다.

—『딜리터 묵시록』 중에서

1-1

강치우는 아침이면 늘 하던 대로 책 한 권을 집어 아무 페이지나 펼쳤다. 11월 2일이니까 펼쳐진 페이지의 두 번째 줄 문장이 오늘의 운세가 될 것이다. 모든 것을 책에 의존하다못해 하루의 운세마저 책에서 무작위로 뽑아내기 시작했다. 운세가 좋든 나쁘든 하나의 문장을 읽고 나면 마음이 편안해졌다. 왼쪽 페이지의 두 번째 줄에는 이런 문장이 적혀 있었다. "그래야지. 이미 땅에 묻은걸." 망할, 기분 나쁜 문장이었다. 오늘 겪어야 할 일을 생각하면 더욱 마음이 불편한 문장이었다. 다행인 것은 종이책에는 왼쪽과 오른쪽 페이지가 함께 있다는 사실. 오른쪽 페이지 두 번째 줄로 눈을 옮겼다. "위스키 어디에 됐냐니까?" 이쪽이 훨씬 나았다. 뭔가 땅에 묻는 것보다는 위스키를 찾아 헤매는 날이 되기를 바랐다. 책이 양쪽으로 나누어진다는 게 마음에 들었다. 책은 언제나 왼쪽 페이지와 오른쪽 페이지가 서로를 바라보고 있다. 전자책으로는 이런 쾌감을 느끼지 못한다. 전자책은 글씨와 여백의 크기에 따라 페이지가 계속 바뀐다. 고정된 건 하나도 없다. 오늘의 운세를 보여줄 수 없다.

"빌어먹을 전자책들."

강치우는 책을 제자리에 꽂으면서 중얼거렸다. 창가에 놓여 있는 식물 '버드 네스트 bird nest'에 물을 주었다. 식물이 잘 자라고 있는지는 알 길이 없었고, 아침마다 물을 줄 뿐이었다. 플란넬 셔츠 위에 재킷을 걸쳤다. 종잡을 수 없는 날씨가 계속되고 있었다. 낮에는 갑자기 더웠다가 밤이 되면 한겨울 날씨로 변했다. 거리에는 사람이 많지 않았다.

경찰서 입구로 들어가자 오재도 형사가 기다리고 있었다. 마중이라고 하기에는 얼굴이 굳어 있었다. 오재도는 강치우와 눈인사를 하고는 곧장 뒤로 돌아서 거침없이 걸어갔다. 길을 안내하는 로봇 같다는 생각이 들 정도였다.

강치우는 오재도를 따라가면서 벽에 걸린 표어를 읽다가 짧은 웃음을 터뜨렸다. 오재도가 뒤로 고개를 돌렸다. 강치우는 재빨리 감정 전환 스위치를 작동시켰다. 표어가 자꾸만 생각나서 웃음을 참기 힘들었지만 최대한 무거운 주제를 떠올렸다. 지구 종말이라든가 죽음이라든가.

"물?"

앉을 자리를 안내하고 오재도가 생수대 앞에서 퉁명스럽게 물었다.

"모카포트로 뽑은 커피 같은 게 있으면 좋겠지만, 기대는 안 하는 게 낫겠죠?"

강치우가 의자에 앉으면서 말했다.

"뭐요?"

"아, 모카포트를 모르시나보다. 거 있잖아요, 물이 끓어서 증기가 위로 올라간 다음에 커피를 통과…… 그냥 물이나 한 잔 주세요."

"그런 게 왜 여기 있어요."

"어디에 뭐가 있을 것인지에 대한 선입견이, 제가 좀 없는 편입니다. 아무래도 크리에이티브한 일을 하니까요."

오재도는 강치우의 말에 찡그린 웃음을 짓더니 물 두 잔을 뽑아서 책상에 내려놓았다. 강치우는 오재도의 어깨를 유심히 보았다. 보형물을 넣은 것처럼 부풀어오른 근육이 신기했다. 오재도는 키가 크지 않았지만 상대방을 압도하는 몸을 지니고 있었다. 눈썹이 짙었고, 눈의 쌍꺼풀도 진했고, 입은 조금 돌출돼 있었다. 모든 면에서 공격적인 몸이었다. 입고 있는 옷은 영화나 드라마에서 흔히 보던 형사의 복장은 아니었다. 하얀색 티셔츠에 녹색 카디건을 걸친 모습은 자신의 서재에 손님을 맞이하는 학자처럼 보였다.

"강치우 씨 맞죠?"

"맞으니까 일이 산더미처럼 밀려 있는데도 여기 겸손하게 앉아 있는 거겠죠?"

"베스트셀러 작가시더라고, 알아보니까."

"그런가요? 뭐, 사람들이 종종 알아보니까…… 그렇겠네요."

"내가 책하고는 거리가 멀어요."

"형사님에게는 만나는 한 사람 한 사람이 다 책이겠죠. 형사님 같은 분은 굳이 책을 읽을 필요가 없습니다. 참, 형사님이라고 부르면 될까요?"

"한 달 전에 출간한『숨겨진 천국의 문』오늘 확인해보니까 베스트셀러 순위 3위던데."

"잘 모르시니까 드리는 말씀인데요, 1위와 2위는 쓰레기예요. 영어 발음으로 치면 묵음에 가까운 거죠. 표기되어 있지만 발음하지 않는, 순위에 있지만 없는 거나 마찬가지인."

"그게 무슨 소리예요?"

"아니, 그러니까, 어디 가서 제가 그랬다고는 하지 마시고요. 읽지 않는 걸 추천 드린다는 얘기죠."

"소하윤 씨 알죠?"

"알죠."

"『숨겨진 천국의 문』, 혹시 소하윤 씨 이야기를 참고했나요?"

"참고했냐고요?"

"제보가 하나 들어왔어요. 소하윤 씨 친군데, 자기가 알고 있는 이야기가 소설에 그대로 있다고. 그 이야기를 알 만한 사람이 별로 없는데, 그게 다 그대로 있다고. 소하윤 씨하고는 어떤 사이였어요?"

"서로 호감을 가지고 사귀던 사이였죠. 일 년 전에 헤어졌고요."

"소하윤 씨 이야기를 소설로 쓴 게 맞네요?"

오재도는 물을 단번에 마시고 소리 나게 컵을 내려놓았다. 놀랄 정도는 아니지만 조금은 움찔하게 될 정도의 소리였다. 강치우는 반응하지 않았다.

"이걸 보시면 도움이 될 겁니다."

강치우는 재킷 안주머니에 있던 종이를 오재도에게 건넸다.

"이게 뭔데요?"

"읽어보시죠. 글 읽기를 그렇게 좋아하시는 것 같지는 않지만."

오재도는 강치우의 말하는 태도가 거슬렸지만 표현하지는 않았다. 성공한 작가의 오만함인지, 무언가를 감추기 위해 감정의 위장막을 치는 것인지 조금 더 지켜볼 필요가 있다고 생각했다.

오재도는 강치우가 건넨 종이를 눈으로 읽었다.

"무슨 소린지 모르겠는데?"

오재도가 강치우와 종이를 번갈아 보면서 물었다.

"여기 적혀 있잖아요. 계약서라고."

강치우는 손가락으로 종이의 윗부분을 가리키면서 말했다.

"이걸 소하윤 씨가 작성했다고요? 자기 이야기를 팔았다고?"

"이야기를 팔았다는 건 좀 속된 표현 같고요, 스토리의 저작권을 저에게 넘겼고, 세상과 공유하기로 마음먹었다, 그렇게 표현할 수 있겠죠."

"소하윤 씨가 왜요?"

"제가 그에 알맞은 적절한 보상을 해줬으니까요."

"얼마를 줬는데요?"

"그건 말씀드릴 수가 없는데요. 사업상 대외비입니다."

"소하윤 씨가 실종된 건 알죠?"

"알죠."

"강치우 씨가 해줬다는 적절한 보상이 소하윤 씨의 실종과 관계가 있다면, 정확히 밝혀야 할 겁니다."

"관계를 입증해주시면 말씀드리죠."

"마지막으로 본 게 언젭니까?"

"뭘요?"

"소하윤 씨 마지막으로 본 게 언제냐고."

"육 개월 전에 실종됐다고 들었는데요, 제가 마지막으로 만난 건 십 개월 전입니다. 헤어지고 나서 이 개월쯤 있다가 전해줄 물건이 있어서 만났거든요."

"어떤 물건?"

"전에 빌렸던 노트북이요."

"소설가가 노트북을 빌려 써요?"

"형사들은 범인을 잡으러 나갔는데 총이 없으면 서로 빌려주고 그러지 않아요?"

"그건 다르지."

"다를 거 없어요. 내 노트북이 고장났을 때 잠깐 빌려 쓴 것뿐이니까."

"소하윤 씨 집에는 노트북이 없었는데요."

"그건 제가 알 수가 없죠. 중고로 팔았는지, 버렸는지."

"소하윤 씨 실종 사건에서 가장 특이한 점이 뭔 줄 알아요?"

"뭘까요? 궁금하네요."

"종이쪽지를 남기고 사라졌어요."

"무슨 내용이 들어 있었는데요?"

"무슨 내용인지 몰라요?"

"제가 그걸 어떻게 알죠?"

"자기를 찾지 말라는 얘기. 먼 곳에서 새로운 삶을 살고 싶어서 그러는 것이니까 걱정하지 말라고."

"그렇게 썼다면 실종이라고 부르면 안 되는 거 아닌가요?"

"실종이라고 부르는 걸 막으려고 누군가 대신 썼을지도 모르지."

"아, 그 글을 내가 썼다? 세상의 모든 글을 작가가 쓰지는 않습니다."

"친구 말로는 평소에 극단적인 얘기를 많이 했다더군요. 나쁜 선택을 할지도 모르니 빨리 찾아달라고 부탁을 해왔어요."

"소설에도 그런 게 있어요. 결말을 알고 보면 모든 게 달라 보입니다. 소설을 끝까지 다 읽고 나서 처음으로 돌아가보면, 아, 형사님은 소설을 끝까지 읽을 일이 거의 없으시겠지만, 돌아가보면 사소한 모든 것들이 전과는 다르게 보입니다. 아, 이 장면 때문에 주인공이 그런 결말에 이르렀구나. 이게 그런 의미였구나. 아, 이때부터 극단적인 얘기를 많이 했구나."

"아이, 거참, 말 참 많네. 뭔 말이 하고 싶어요?"

"소하윤이 사라지지 않았다면 똑같은 얘기를 들었어도 극단적인 얘기라고 생각하지 않았을 거란 말입니다."

"사람이 사라졌다는데 참 한가한 소리 하시네, 강치우 씨."

"바쁜 사람을 불러놓고는 한가한 소리라니, 이제 갈 때가 됐나보네요."

"소하윤 씨 걱정돼요?"

"걱정……되죠."

"걱정 안 되는 말투시네."

"말투만 들으면 형사님은 다 아시나보죠?"

"소하윤 씨 어디 있을지 짐작 가는 데 없어요? 전에 함께 갔던 곳이라거나 가고 싶어했던 곳이거나."

"천국엘 가고 싶어했죠."

"강치우 씨, 장난은 그만 치죠?"

"진지하게 얘기하는 겁니다. 소하윤에 대해 대단히 많은 걸 알고 계시니 일 년 전에 어떤 일이 있었는지도 아시죠? 교통사고로 엄마, 아빠, 동생이 죽고 난 다음부터 종종 그렇게 얘기했어요. '세 사람은 천국에 가 있을 거야, 그렇지? 나도 가고 싶어, 거기 가면 세 사람을 만날 수 있지 않을까?' 나하고 헤어진 것도 그 일 때문이었고요."

"이상하네요. 보통 그런 일을 겪으면 남자친구에게 의지하고 싶어질 텐데."

"사람은 모두 다르죠."

"소하윤 씨는 그럼 어디에 의지했을까요? 가족이 모두 사라지고 없는데."

"사라진 게 아니라 죽은 거죠."

"강치우 씨."

"말씀하세요."

"뭘 숨기는 사람들 특징이 뭔지 알아요?"

"전부 다르겠죠."

"전부 다르지. 그런데 공통점도 있어요."

"강의를 하실 거면 그냥 하세요. 묻지 말고."

"이야기할 때 어디 먼 곳을 바라보거든. 어딜 보는 건지 알아요?"

"모르죠."

"비밀이 묻혀 있는 곳."

"여기서는 잘 안 보이네요."

"내가 소설가한테 편견은 없었는데, 오늘 생기네. 말은 참 많은데 내용이 없다, 그쵸? 사람이 사라졌다는데 농담이나 하고, 이건 뭐 예의도 없어요, 감정도 없어요. 소설 속에 살고 있어서 잘 모르나본데, 현실은 봐주질 않아요."

"몰랐네요. 현실이 그런지."

"내가 지켜보고 있을 겁니다. 강치우 씨."

"먼저 일어서도 될까요? 출판사와 약속이 있어서요."

강치우는 물을 한 모금 마시고 컵을 소리 나게 내려놓았다. 둔탁한 소리가 두 사람 사이에서 소용돌이쳤다. 강치우는 경찰서 밖으로 나와 핸드폰을 껐다. 차가운 공기가 콧속에 들어오자 정신이 맑아졌다. 신호가 울렸지만 상대는 받지 않았다.

1-2

"나는 죽어요."

"버텨봐."

"희망이 없어."

"맨날 희망이 없대."

"희망이 없는 걸 어떡해?"

"안 좋은 패로도 끝까지 희망을 잃지 않는 게 진짜 용기야."

"그런 건 다른 말로 호구라고 하지."

"얼마나 패가 안 좋길래 그래?"

"여기 들어오는 입구에다 '사상 최악의 패'로 전시해도 될 정도야."

카드를 들고 잡담을 하고 있는 육십대 후반의 두 남자 뒤에서 이기동은 맥주를 홀짝이고 있었다. 시선은 다른 쪽을 향하고 있었지만 대화는 놓치지 않았다. 포커 게임에는 별 관심이 없었다. 게임의 규칙은 알고 있지만 왜 중독되는지는 이해하지 못했다. 눈치를 보고 상대방의 패를 짐작하고 허풍을 떨고 숨죽였다가 다시 허세를 부려야 하는 감정싸움에 말려들고 싶지 않았다. 포커 게임을 좋아하는 사람들은 그런 게 진짜 재미라고 말하지만, 이기동은 그저 정직하게 일을 하고 돈을 버는 게 좋았다. 자신이 하는 일이 정직과는 거리가 멀지만, 그래도 아무런 일을 하지 않고 빈둥거리면서 불로소득을 바라지는 않았다.

"나는 총알 아웃이야. 이제 마지막 한 발 남았어."

"벌써?"

이기동은 핸드폰을 들여다보는 척하면서 두 사람의 대화에 다시 집중했다. 다섯 명이 게임을 하고 있는 판이었는데, 두 사람만 계속 떠들어댔다. 나머지 세 명은 떠들든 말든 게임에 집중하고 있는 걸 보면 하루이틀 된 일은 아닌 모양이다.

"이제 막 근접 사격을 할 수 있는 거리까지 왔는데, 총알이 다 떨어진 꿈 꿔본 적 없어? 지금 딱 그래, 식은땀이 나네."

"이 판에서는 현물도 사랑하는 거 알지?"

"나도 현물은 사랑하지. 사랑하는 건 늘 곁에 없더라고. 인생이 그래…… 설마 이 시계 얘기하는 건 아니지? 이 시계는 꿈도 꾸지 마."

"명품이긴 하지만 수십 년 된 고물 갖고 뭘 그렇게 호들갑이야."

"얘기했잖아, 이건 결혼할 때 예물로 받은 거라니까. 구할 수도 없는 모델이고, 아직도 째깍째깍 잘 돌아가."

"사람이 다 죽어나가도 시계는 계속 돌아가는 법이지."

"뭐? 너 뭐라 그랬어? 이 자식이 목구멍에서 나오면 다 말이 되는 줄 아냐."

"아냐, 그런 뜻으로 말한 건 아니야. 미안해."

"한 번만 더 그딴 식으로 말했다간 시계 초침 소리를 다시는 못 듣게 해줄 거야. 알겠어?"

"알았어, 알았어, 미안해. 내가 이따가 술 한잔 살 테니까 화 풀어."

"오늘따라 패도 안 붙어서 미치겠는데 너까지 왜 그러냐. 너하고 이야기하는 재미로 여기 오는데 정말 그러면 섭섭해."

"알았어, 미안하다니까. 네 와이프 생각하면서 한 얘기 아니야. 그냥 시계는 계속 돌아가더라 그런 얘기 하려다 그런 거야."

"설명 그만해."

"알았어, 저쪽에 가서 맥주나 한잔하자. 나도 죽습니다, 재미있게들 치세요."

두 남자는 포커 게임장 구석에 있는 테이블로 가서 앉았다. 이기동은 눈치채지 않게 그들 근처로 자리를 옮겼다. 시계를 소중하게 생각하는 남자는 백칠십 센티미터 정도의 키에 체격이 다부졌다. 오랫동안 노동을 한 사람의 몸이었다. 말실수를 한 남자는 키가 조금 더 컸고, 뼈대가 가늘어 보였다.

"내가 요새 포커에서 좀 따는 거 알고 있었냐?"

말실수 남자가 맥주를 한 모금 마시고는 말을 꺼냈다.

"네가 따봤자지. 하긴, 그러고 보니 전보다는 좀 덜 잃는 것 같긴 하네."

시계 남자는 생맥주 한 잔을 한꺼번에 마셨다. 시원한 맥주가 들어가자 화가 좀 풀리는 것 같았다. 생맥주 한 잔을 더 주문했다.

"역시 잘 마셔."

"그래서, 포커에서 잘 따는 이유가 뭔데?"

"나한테도 전략이란 게 생겼단 말이지. 이름하여 '루퍼트 작전'."

"루퍼트? 그게 뭔데?"

"제2차세계대전 때 노르망디 상륙 작전 알지?"

"알지."

"영국군이 그때 독일군을 속이려고 이상한 짓을 많이 했거든. 고무로 지프차도 만들고, 상륙 지점이 노르망디가 아니라 칼레인 것처럼 속이기도 하고⋯⋯ 그때 영국군이 비행기에서 가짜 모형을 떨어뜨리는 작전도 했는데, 그 인형 이름이 '루퍼트'였어. 하늘에서 낙하산을 탄 인형들이 막 떨어져 내리는데, 멀리서 보면 사람인지 인형인지 구별이 안 돼요."

새로운 맥주가 도착했지만 시계 남자는 이번에는 입만 축이고 내려놓았다.

"그거랑 네 전략이랑 무슨 상관이 있어?"

"얘기를 좀더 들어봐. 넌 꼭 이럴 때 인내심이 없더라. 독일군이 낙하산이 떨어진 곳에 가봤더니 전부 다 인형이더란 말이야. 그때부터 하늘에서 떨어지는 병사들을 보면 헷갈리기 시작하는 거지. 저건 사람일까, 루퍼트일까. 죽이러 가야 하나, 말아야 하나. 카드를 칠 때 그런 전략이 필요하단 거야. 네가 돈을 걸 때 이게 진짜일까 가짜일까 헷갈리게 하란 말야."

"말이 쉽지."

"루퍼트 작전의 핵심이 뭐야? 멀리서 보면 구별이 안 된다는 거잖아. 너를 멀리서 보게 하란 말야."

"포커를 치고 있는데, 어떻게 멀리서 보게 해? 의자를 최대한 빼고 앉아?"

"답답하네. 은유잖아, 은유. 너는 지금 여기에 있지만 여기에 없다고 생각해. 몸은 여기에 있지만 돈을 따고 싶은 너의 욕망은 저 뒤에 가 있란 말이지."

"명상 같은 거랑 비슷하네. 명상 배울 때도 선생이 그런 말 하더라. 내가 여기에 있지만 또 있지 않으며, 여기에 없지만 또 함께 있는 것처럼…… 그게 무슨 개소리인가 싶었는데."

"뭐든지 궁극의 지점에서는 다 통하게 돼 있어."

"오늘 술 사준다는 거 진짜야?"

"그럼, 내가 거짓말은 못하지. 지금 몇 시야?"

"지금이…… 뭐야, 시계 어디 갔지?"

"무슨 소리야. 좀 전까지 차고 있었잖아."

"네가 내 시계 가져갔어?"

"너하고 계속 이야기하고 있었는데, 내가 어떻게 가져가 냐?"

"아, 좀 전에 맥주 갖다준 놈. 그놈이 훔쳐갔나봐. 너도 봤 지? 검은색 재킷 입고 있던 놈 말야."

"혹시 떨어뜨린 거 아냐? 잘 찾아봐."

회색 재킷을 입은 이기동은 게임장에서 나와 주차장으로 걸어갔다. 가방에 넣어두었던 핸드폰에는 몇 통의 부재중 전화번호가 기록돼 있었다. 한가하게 전화를 걸고 있을 시간은 없었다. 이기동은 자동차에 올라타서 재빨리 시동을 걸었고 주차장을 빠져나갔다. 주머니에 들어 있던 시계를 조수석에 꺼내놓고 전화를 걸었다.

"전화를 왜 이렇게 안 받아?"

전화가 연결되자마자 짜증 섞인 목소리가 날아들었다.

"그, 그렇게, 말하지 말고요, 이, 일했어요."

이기동이 천천히 그러나 단호하게 항변했다.

"무슨 일 하고 있었는데?"

강치우가 조금 누그러진 목소리로 물었다.

"비밀, 비밀입니다. 의뢰인을 보호하지 못하는, 그, 그렇게 지키지 못하는 딜리터는 빵점입니다."

"비밀은 무슨…… 보나마나 언더그라운드에서 자잘한 소품이나 지우고 있었겠지. 왜 전화했는지 알지?"

"압니다. 아는데, 시간이 좀 필요합니다. 조금만 기다려주시면, 제가 해결합니다."

"내가 지금 어디에서 나오는 길인지 알아?"

"제가 어떻게 압니까?"

"장난해?"

"장난 아닙니다."

"경찰서 앞이야."

"경찰서요?"

"어제 오후에 경찰한테 전화가 왔어."

"지, 지금은 제가 답을 들을 수가 없습니다. 전화가, 의뢰인에게 전화가, 왔습니다. 일을 빨리 끝내고 곧바로, 삼십 분, 아니 한 시간 안에는 꼭 전화를, 드리겠습니다."

이기동은 강치우의 대답을 듣지 않고 전화를 끊었다. 방해 금지 모드로 바꾸었다. 의뢰인에게 전화가 온 것은 거짓말이었지만, 전화를 해야 하는 상황인 것은 맞았다. 이기동은 주차를 하고 자신의 원룸 스튜디오로 뛰어 올라갔다. 스튜디오 한쪽 구석에 설치해둔 촬영 세트에다 시계를 올려놓고, 의뢰인에게 영상 전화를 걸었다.

"시계 잘 보이시나요?"

이기동은 낚싯대로 대형 참치를 잡은 뱃사람처럼 우렁차고 신나는 목소리로 말했다.

"네, 보입니다."

의뢰인은 생선 어종을 구별하지 못하는 횟집의 아르바이트 학생처럼 소심한 목소리로 대꾸했다.

"이제부터, 시계, 여기 이 시계를 클로즈업해서 보여드릴게요. 이 시계 맞습니까?"

"네, 확인했어요. 맞습니다."

"결정에는 변동이 없고, 변함도 없으시고요?"

"네…… 지워주세요."

"계약 내용 읽어드리겠습니다. 본 물품을 딜리팅하는 데 있어 저는 고객님의 손실에 대한 아무런 경제적 보상을 해드리지 않고요, 고객님의 의지에 따라 시계를 딜리팅하는 작업을 시작하겠습니다. 카메라 장치를 개조하거나 컴퓨터 그래픽으로 왜곡하는 일이 없으며 영상을 저장하지 않는다는 점도 알려드리고요, 지금부터 용액 속에 물건을 넣도록 하겠습니다."

이기동이 아래쪽 선반의 용액에다 시계를 집어넣었다. 시계가 천천히 녹는 장면이 카메라에 담겼다. 시계가 모두 사라지는 데 일 분도 걸리지 않았다.

"끝났고, 전부 다 모두 사라졌습니다. 잔금 결제해주시겠습니까?"

"네, 지금 송금했습니다."

"감사합니다. 저희는 다양한 업무를 처리합니다. 앞으로도……"

"한 가지만 물어볼게요."

"디, 딜리터는, 구체적인 사연과 질문과 대답이 오가는 상황을 좋아하지 않습니다. 특별히, 서비스로 오늘만 답해드립니다."

"그 사람, 시계를 차고 있었나요?"

"시계, 예, 한 번도 벗어두지 않고, 계속해서 손목에 차고 있었습니다. 제, 제가 손이 빠릅니다. 오래전에는 별명이, 퀵, 퀵 보이였습니다. 기술자들도 잘 못하고 어려운 기술입니다. 시계를 계속 들여다보고, 친구한테도 자랑하고, 결혼 때 받은 예물이라는 얘기도 하면서⋯⋯"

"웃기고 있네."

"네?"

"아뇨. 아버지한테 한 말이에요. 그 사람은 시계를 차고 다닐 자격이 없는 사람이거든요. 그 사람이 엄마를 죽인 거나 마찬가지예요. 그렇게 시계가 소중했으면, 엄마가 살아 있을 때⋯⋯"

"딜리터는, 고, 고객의 사연에 귀를 기울이지 않습니다. 세상의 물건을 지워달라고 부탁하시면, 딜리터는, 대리할 뿐입니다. 물건에 감정이입, 마음을 주지도 않고, 그런 것은 금지돼 있습니다.

"그 인간도 딜리팅해버리면 좋겠네요. 그건 안 되겠죠? 아버지와의 기억이라도 지우고 싶네요."

"보통 그런 경우에는 약물, 술에 의존하시면, 기억을 지울 수 있지만, 추천하는 방법이 아닙니다. 제, 제가 알려드릴 수 있는 방법은 인간을 딜리팅⋯⋯"

"네, 됐어요, 진짜로 기억을 지워달라는 게 아니고, 말이 그렇다는 건데⋯⋯ 끊을게요."

이기동은 핸드폰을 내려놓고 원룸 스튜디오 한구석에 있는 소파에 앉았다. 울분으로 가득찬 의뢰인의 목소리가 사라지자 긴장감이 풀리면서 온몸이 소파에 들러붙었다. 딜리팅을 하고 나면 이런 일이 잦았다.

사람들은 갖가지 이유로 딜리팅을 의뢰했다. "헤어진 남자친구에게 선물했던 노트북을 없애주세요." "거래처에 보냈던 이메일을 삭제해주실 수 있나요?" "할아버지가 작가였는데, 사적으로 보낸 편지를 모두 없애줄 수 있나요? 음란한 내용들이 많아서 작가로서의 명예가 훼손될 우려가 있어요." "조직폭력배에게 넘어간 신체 포기 각서를 없애줄 수 있나요?"

의뢰인들은 의뢰를 할 때는 조심스럽게 이야기를 꺼내지만, 딜리팅이 완료됐다는 소식을 들으면 그때부터 감정이 폭발하기 시작한다. 걱정과 긴장이 사라지면서 잘 쌓아두었던 감정의 댐이 무너지는 것이다. 그동안 자신이 얼마나 힘들었는지 얘기하고 싶고, 그 물건이 자신에게 어떤 의미였는지 고백하고 싶겠지만, 딜리터에게는 이미 끝난 일이다. 감정 하수 처리 시설 역할까지 맡기려면 추가 요금을 내야 한다는 말을 농담처럼 해보지만 의뢰인들의 뇌는 조금 맛이 간 상태라서 대화가 통할 리 없다. 빨리 전화를 끊도록 유도하는 게 상책이다.

이기동은 냉장고에 넣어두었던 시가를 꺼내서 불을 붙였

다. 차가운 시가가 미지근해지는 과정을 즐기는 게 좋았다. 뒤죽박죽인 자기의 삶을 차가운 시가가 위로해주는 것 같았다. 누군가를 도와주는 일 같지만 범법 행위를 커피 마시듯 즐겨야 하고, 소매치기, 무단 침입 등 다양한 몹쓸 짓을 지속적으로 연마해야 한다는 사실이 우스웠다.

이기동이 지키고 있는 단 하나의 규칙이 있다. 딜리팅 중에 누군가와 맞닥뜨리더라도 폭력은 쓰지 않는다는 것. 걸리면 무조건 튄다. 일의 성공 여부는 중요하지 않다. 누군가와 마주치지 않는 게 가장 중요하다. 얼굴이 한번 알려지기 시작하면 딜리터로서 살아남기 쉽지 않기 때문이다. 오늘처럼 간단한 작업이더라도 얼굴이 노출되지 않도록 하는 게 가장 중요했다. 동네 사람끼리 모여서 심심풀이로 게임을 하는 곳이라 작업을 진행한 것이지, 시시티브이가 있는 대형 도박장이었다면 엄두도 내지 않았을 것이다.

의뢰인을 만나는 일도 없다. 대부분의 의뢰는 보안 메시지로 확인하고 의뢰인에게 보내는 딜리팅 확인 영상은 곧바로 지워지도록 한다. 당연히 얼굴이 나오는 일도 절대 없다. 위치를 추측할 만한 단서를 남기지 않기 위해 딜리팅 확인 영상은 무조건 스튜디오에서 촬영한다. 본격적인 딜리팅 작업을 삼 년 넘게 했지만 아직까지 별다른 탈이 나지 않은 것은 규칙을 지켜왔기 때문이다.

시가를 반쯤 피웠을 때 메시지 도착을 알리는 소리가 울렸다. 강치우가 보낸 것이라 생각했지만 발신자는 적혀 있지 않았다. 스팸 문자는 아니었다. 메시지 속에 들어 있는 섬네일 링크를 눌렀더니 동영상 사이트 영상이 재생됐다.

1-3

구독자 여러분, 마술사 V입니다. 오늘은 마술 말고 다른 이야기를 해볼까 해요. 조금은 무거운 이야기일 수도 있지만, 꼭 한번 짚고 넘어가야 할 문제라고 생각해서 이야길 꺼내게 됐습니다. 이 채널을 오랫동안 보신 분들은 제 마술의 특징을 아실 거예요. 네, 맞아요. 바로 '배니싱'이죠. 물건을 사라지게 하고, 사라진 물건을 다시 나타나게 하는 마술이에요. 제 입으로 말하긴 그렇지만, 우리나라에서 배니싱 마술의 일인자는 바로 저라고 생각합니다. 동의하시는 분들이 많을 거라고 생각해요. 전 세계로 범위를 넓혀도 다섯 손가락 안에는 들걸요, 아마. 제 자랑을 하려는 게 아니라 그만큼 제가 배니싱 마술을 잘 이해하고 있다는 얘기를 하려는 겁니다.

오늘은 배니싱 마술의 근원이라고 할 수 있는 '딜리팅'에 대해 알려드리려고 해요. 딜리팅에 대해 처음 들어보는 분이 많을 거예요. 마술의 역사에 관심 있는 분 중에는 들어본 분이 있을지도 모르겠네요. 딜리팅은 고대의 흑마술에서 파생된 마술법 중의 하나예요. 말 그대로 물건을 사라지게 하는 겁니다. 아주 가벼운 동전부터 연필, 옷, 의자, 책상 등의 물건을 이 세상에서 지워버리는 겁니다. 물건이 어디로 사라지는가에 대해서는 알려진 바가 없어요. 고대에는 물건들을 지옥으로 보내는 방법이라고 알려졌지만, 제가 생각하기엔 근거 없는 이야기예요. 그럼 딜리팅으로 보낸 물건들이 전부 다 지옥에 쌓여 있게요? 아, 이쪽 세상에서 딜리팅해버린 쓰레기들이 넘쳐나서 지옥이 된 건가요? 말도 안 되는 얘기죠.

흑마술의 시대가 저물면서 어느 순간부터 딜리팅을 금지하는 법들이 생겨났고 그 능력을 가진 사람들은 모두 자취를 감췄어요. 어둠 속에서 전수되고 있다는 얘기가 전해지지만 아무도 본 사람이 없으니, 이제는 전설이 되어버린 거죠.

'어? 딜리팅? 그거 어디서 봤는데? 전단지에서 본 것 같은데?'라고 하시는 분들이 있을 겁니다. 바로 그 얘기를 하려고 합니다. 언제부턴가 딜리팅이라는 이름에 먹칠을 하고, 딜리팅을 빙자해서 사기를 치는 놈들이 나타났어요.

'당신이 사라지게 하고 싶은 물건을 이 세상에서 지워드립니다. 고대 흑마술을 전수받은 전설의 딜리팅 고수가 여러분을 도와드립니다. 지금 당장 전화하세요. 딜리팅은 여러분의 권리입니다.'

저는 전단지를 보고 나서 미쳐버리는 줄 알았어요. 와, 이런 식으로 딜리팅을 써먹는다고? 아무리 먹고사는 게 중요해도 이런 식으로 사기를 친다고? 전설의 딜리팅 고수? 전설의 딜리팅 고수가 불법 심부름센터처럼 남의 집이나 털고 있다고? 말이 되는 소리를 하라 그래요. 지금 이 새끼는, 아, 제가 방송중에는 진짜 욕을 안 하는 스타일인데 오늘은 좀 해야겠습니다, 지금 이 개같은 새끼는 마술인 전체를 욕 먹이는 겁니다. 제가 마술인의 명예를 걸고 딜리터인지 뭔지 하는 놈들을 싹 다 잡아넣을 겁니다. 고대 이집트에는 토트라는 신이 있었습니다. 천문학과 점성술의 신이기 때문에 마술사들에게는 아주 중요한 존재죠. 토트는 또한 기록의 신이기도 하거든요. 제가 토트 신의 명을 받들어 마술의 이름을 더럽히는 자들을 처단하겠습니다. 여러분도 주변에서 딜리터를 만나면 저에게 제보해주세요. 그리고 절대 딜리터에게 일을 맡기지 마세요, 여러분. 그거 다 불법이고 사기입니다. 아시겠죠?

무거운 이야기는 이제 끝. 이렇게 또 카메라를 켰으니 간단한 마술 하나 보여드리는 게 예의겠죠? 오늘은 옛날이야기를 많이 했으니까 고전 마술 하나 보여드릴게요. 자, 마술 하면 비둘기죠, 비둘기 입장해주세요.

1-4

강치우는 출판사에 도착할 때까지 핸드폰을 붙들고 있었지만 연결이 되지 않았다. 택시에서 내릴 때는 화가 치밀어 올라 크레디트카드를 단말기에 갖다 대는 것도 잊어버렸다. 택시 기사가 클랙슨을 울리면서 소리를 지르는 바람에 겨우 정신을 차리고 결제를 할 수 있었다. 출판사 대표 방으로 걸어가는 동안 한번 더 전화를 걸었지만, 이번에는 전화기가 꺼져 있다는 알림이 돌아왔다.

"어이, 강 작가 왔어?"

양자인 대표가 강치우를 향해 손을 들어 인사를 했다. 노트북을 덮고 자리에서 일어나 강치우를 소파로 안내했다.

"미치겠네, 진짜. 왜 불렀어요?"

강치우는 소파에 주저앉으면서 신경질을 냈다.

"왜 그렇게 신경질이 났어?"

"아침 책점부터 이상하더라니, 하루종일 구름 위를 걷는 것처럼 불안하고 화가 나서 미치겠네."

"보통 구름 위를 걷는다는 건 좋은 의미 아닌가?"

"구름 위 걸어봤어요?"

"아니, 보기만 했지 걸어보진 못했네."

"구름이란 게 전부 다 물방울인데, 그 위를 걸으면 얼마나 불안하겠어. 언제 땅으로 떨어질지 모르는데."

"역시 작가님은 비유 하나도 남다르시네. 내가 이래서 우리 작가님 사랑하지. 오늘 책점은 무슨 문장이었는데?"

"그래야지. 이미 땅에 묻은걸."

"오, 의미심장하네?"

"원래 책에 있는 모든 문장이 의미심장한 법입니다. 작가가 한 문장 한 문장을 얼마나 힘들게 쓰는데."

양자인은 커피 머신에서 뽑은 에스프레소를 차가운 물에 붓고 얼음을 두 개 넣었다. 쩍, 얼음의 가운데에서 일어나는 균열의 소리가 들렸다. 커피를 강치우 앞에 내려놓았다.

"그래서, 의미심장한 문장들은 많이 썼어요? 마감 얼마 안 남은 거 알죠, 작가님?"

"마감 때문에 보자고 한 건 아니죠?"

"출판사 대표가 마감 때문에 작가를 부르는 게 이상한 일은 아니지 않나요?"

"작가를 언제나 신뢰하며 단 한 번도 인세 지급을 늦게 한 적도 없는 호방하고도 섬세한 출판사 대표님이라면 마감 때문에 작가를 부르지는 않죠. 그 시간에 한 글자라도 더 쓰길 바라지."

"맞아. 사람 잘 봤어요. 새로운 일이 하나 들어와서 상의하려고 불렀어."

"새로운 일? 지금 일도 못 끝냈는데 무슨 새로운 일을 해요."

강치우는 아이스커피를 한 번에 다 마시고 남은 얼음을 이로 깨물었다. 의자의 썩은 다리가 부러질 때처럼 모든 게 망가지는 소리가 들렸다. 부서진 얼음의 가장 큰 조각을 다시 깨물었다. 아버지가 생전에 자주 했던 말이 갑자기 떠올랐다. "부부싸움을 칼로 물 베기라고 하는데, 말도 안 되는 소리. 와이프를 이기려면 어떻게 해야 하는지 알아? 내가 가르쳐줄게. 물을 얼린 다음에 칼로 베면 아주 깔끔해." 재치 있는 말이라고 던지는 모든 말들이 역겨웠다. 강치우는 아버지를 닮았다는 소리가 가장 싫었다. "너는 어째 말하는 게 아버지를 쏙 빼닮았냐?"라고 삼촌이 말했을 때, 삼촌의 앞니를 모조리 부러뜨리고 싶었다. 삼촌과는 그후로 다시는 연락하지 않았다. 강치우는 컵에다 조각난 얼음을 모두 뱉었다.

"좀 급한 건이야. 높으신 분이 특별히 부탁한 일인데, 작업비는 더블로 줄게요."

"양자인 대표님."

"왜 이름을 부르고 그래, 무섭게."

"지금부터 제 말 잘 들으세요."

"응, 언제나 우리 강 작가님 말은 귀기울여 듣죠."

"제가 돈 때문에 이 일을 하는 걸까요?"

"아니죠."

"그러면 제가 높은 자리에 올라가는 사다리 타려고 이 일을 하는 걸까요?"

"그건 더더구나 아니죠."

"사람 구차하게 왜 그래요, 진짜. 대표님 부탁이면 급한 일 처리할 수도 있어요. 순서는 바뀔 수도 있어요. 그런데 높으신 분은 뭐고, 더블은 또 뭐예요. 이렇게 사람 구질구질하게 만들 거예요?"

"아, 미안해, 강 작가. 내가 큰 실수 했다."

"전에는 이렇게 급한 건으로 처리한 적 없잖아요. 왜 이렇게 서둘러요? 보안에 문제 생기는 거 아니에요?"

"앞으로 우리가 작업을 편하게 하기 위해 도움이 될 분이라서 그래. 보안이야 걱정 없지. 아, 정말 미안하게 됐어, 강 작가.

내가 진짜 이렇게 일 처리하지 않는데, 미안해. 한 번만 사정 봐줘요."

양자인은 말을 하면서 계속 강치우의 눈치를 살폈다. 강치우가 천장을 보는 것은 생각중이라는 뜻이고, 바닥을 보면 거절할 구실을 찾는 것이고, 좌우를 두리번거리면 사람들의 움직임을 파악하는 중이라는 뜻이다. 모든 눈짓을 세 가지로 단순화할 수는 없지만 양자인이 오랫동안 관찰한 강치우의 패턴이었다.

"알겠어요. 인터뷰는 어디서 해요?"

"1호점."

"1호점이라…… 대표님이 진짜 신경 많이 쓰실 건가보네."

"그렇다니까. 언제부터 작업할 수 있겠어요?"

"다음주부터는 가능할 거예요. 메일로 자료 보내줘요."

"오케이, 알겠어. 고마워. 우리 근사한 데로 저녁 먹으러 갈까?"

"오늘이 무슨 날인지도 모르시네."

"오늘이 무슨 날인데?"

"오늘 저녁에 낭독회 있잖아요. 3호점에서."

"아, 그게 오늘이었구나."

"회사에 관심이 없으시네. 높은 분들 만나고 다니니까 출판 같은 사양산업은 너무 하찮아서 잘 보이지도 않으시죠?"

"어머, 그게 무슨 소리야? 십 년 동안 고생고생해서 겨우 이 자리까지 왔는데. 그리고, 내가 출판을 얼마나 사랑하는데 그래. 잘 알잖아, 강 작가가. 강 작가 같은 베스트셀러 작가가 있는데 출판이 왜 사양산업이야? 나는 요새 너무 행복해요."

"그럼 높으신 분 작업비 세 배로 줘요."

"왜 그래, 얘기 끝났잖아."

"줄 수 있는 거 알아요."

"오케이, 알았어. 나는 강 작가 그런 점을 너무 사랑하지. 언제 베팅하고 언제 다이할지 너무 잘 안단 말야. 강 작가 멋진 차 한 대 뽑아."

"택시가 좋아요."

"바뀌지 않는 것도 너무 좋고. 3호점까진 어떻게 갈 거야? 태워줄까요?"

"택시."

강치우는 문을 나서면서 핸드폰으로 이기동에게 전화를 걸었지만 여전히 꺼져 있었다.

1-5

K는 스피드 마니아였다. 속도의 노예였다. 빛보다 빠르게 달려 시간을 거스를 수 있다고 생각했다. 아니다. 불가능하다는 걸 알았다. 스피드 속에 숨고 싶었다. 무서웠다. 알피엠이 치솟고 엔진이 쿵쾅거리면 심장이 빠르게 뛰는 걸 들키지 않을 수 있었다. 빠르게 달리면 모든 걸 뒤에다 놓아둘 수 있었다. 오직 미래, 미래, 미래뿐이다. 과거는 더이상 그의 발목을 잡지 못한다. 스피드는 그의 친구이자 구세주였다. 시속 200킬로미터, 210킬로미터, 220킬로미터…… 속도와 두려움은 반비례했다. 바람이 자동차의 뺨을 후려치며 지나갔다. K의 자동차는 바람에게 복수하기 위해 더 빨리 달려나갔다. 오직 K와 스피드만 남았다.

이태한 씨는 사십 년 운전 기간 중에 딱 한 번 접촉 사고를 냈다. 상대방 과실이 더 컸다. 그래도 차에서 먼저 내려 상대방의 상태를 물은 것은 이태한 씨였다. 속도를 위반한 적도 없었다. 빨리 가려면 더 일찍 출발하면 돼. 그의 지론이었다. 이태한 씨는 가족과 함께 자주 자동차 여행을 떠났다. 아내가 조수석에 탔고, 아들은 뒷자리에서 핸드폰을 만지작거렸다. 회사일 때문에 바쁜 딸의 자리는 비어 있었다. 조수석에서 설핏 잠들어 있는 아내와 핸드폰 게임에 빠져 눈을 마주칠 일이 거의 없는 아들을 보면서 이태한 씨는 포근함을 느꼈다. 안전하게 이 사람들을 지켜주자. 밤 운전의 묘미는 고요한 강을 건너는 듯한 기분. 자신이 헤드라이트 불빛을 쏘는 게 아니라 헤드라이트 불빛이 자신을 어디론가 데려가는 듯한 기분. 맞은편에서 오는 자동차들과 헤드라이트 불빛으로 인사를 나눴다.

K의 속도는 시속 230킬로미터.

이태한 씨의 속도는 시속 80킬로미터.

K의 피는 저녁때 먹은 와인과 위스키로 묽어졌다.

이태한 씨는 텀블러에 있는 커피를 마셨다.

K는 중앙선을 자동차 가운데에 두고 달리기 시작했다. 몇몇 차들이 클랙슨을 울리며 아슬아슬하게 스쳐지나갔다.

이태한 씨는 텀블러를 내려놓고 거울로 뒷좌석의 아들을 보았다. 어느새 잠들어 있었다. 여전히 잠들어 있는 아내의 얼굴을 잠깐 보았다. 아주 잠깐.

시속 80킬로미터는 시속 230킬로미터를 피하지 못했다.

펑, 앞 범퍼끼리 스치듯 충돌했지만 여파는 컸다.

펑, 가드레일을 들이받은 이태한 씨는 아내의 손을 잡으려고 손을 뻗었다. 자동차가 회전하고 있었다.

딜리터

펑, 타이어가 터졌고, 아들이 잠에서 깨어 놀란 눈으로 이태한 씨를 바라보았다.

펑, 펑, 펑, 펑.

이태한 씨는 핸들을 꼭 붙들고 눈을 감았다.

낭독이 끝나자 백여 명의 관객이 환호하며 박수를 쳤다. 맨 앞자리에 앉은 오십대 후반의 남자는 눈물을 흘리고 있었다. 감동 때문인지 두려움 때문인지는 알 길이 없었다. 가운뎃줄에 있던 사십대 여성 한 명도 손수건으로 눈물을 훔쳤다. 강치우는 책을 덮고 관객 맨 뒤에 서 있던 양자인 대표를 보았다. 양자인은 두 손을 머리 위로 올린 채 박수를 치고 있었다.

"역시 강치우 작가님의 글은 언제 들어도 감동적이죠? 마치 우리가 자동차에 함께 타고 있는 듯한 생생함이 느껴지는 대목이었습니다."

사회자는 손에 들고 있는 큐시트를 확인하고는 말을 이어 갔다.

"사인회를 진행하기에 앞서 작가님에게 질문이 있는 분은 손을 들어주시기 바랍니다."

다섯 명 정도가 손을 들었고, 사회자가 그중 한 명을 지목했다. 노란색 머플러를 두른 이십대 후반의 여성이 자리에서 일어섰고, 진행 요원이 멀리서 뛰어와 마이크를 건넸다.

"작가님, 낭독 잘 들었습니다. 가벼운 질문인데요. 스피드에 대한 묘사가 너무나 생생해서 작가님은 어떤 차를 타고 다니는지 궁금해졌습니다. 작가님도 스피드 마니아이신가요?"

관객 중 몇 명이 웃음을 터뜨렸다. 강치우는 웃지 않고 마이크를 집어 들었다.

"흔히 하는 오해죠. 소설 속 주인공과 작가를 동일시하거나 소설 속 모든 이야기들이 작가의 경험이라고 생각하는 사람들이 많습니다. 만약 제 경험으로만 소설을 썼다면 제 방 창문으로 보이는 풍경 묘사를 하는 데만 백 페이지를 넘겼을 겁니다. 스피드 마니아인지 물어보신다면, 아뇨, 저는 스피드에 반대하는 쪽이라고 할 수 있겠죠."

진지한 답변 때문에 관객들의 얼굴에서 웃음기가 사라졌다. 사회자가 질문을 하려고 손을 들었던 관객을 가리키자, 고개를 저으며 질문을 포기했다. 가장 뒤쪽에 있던 한 관객이 손을 번쩍 들었다. 이십대 남자였다. 마이크가 도착하기도 전에 남자는 자리에서 일어나 커다란 목소리로 질문을 시작했다.

"작가님의 책에는 가해자와 피해자 모두를 이해한다는 듯한 문장이 눈에 띄게 많습니다. 조금 전에 낭독하신 K와 이태한 씨의 충돌에 대한 묘사도 그렇고요. 그런 식의 태도는 범죄를 옹호하는 비겁한 태도로 보이는데요. 작가님의 생각이 궁금합니다."

남자는 자리에 앉지 않고 서 있었다. 관객 몇 명이 "뭐야? 왜 저래?"라는 말로 눈총을 주었지만 남자는 굴하지 않았다. 대답을 듣지 않으면 절대 앉지 않겠다는 결연한 의지가 입술에 보였다.

"맞습니다. 비겁한 존재. 대답이 되었나요?"

강치우가 짧게 말하고 마이크를 내려놓자 관객 몇 명이 술렁거렸다. 앉으려던 남자가 다시 입을 열었다. 진행자가 남자의 질문을 막으려고 했지만 마이크 없이 소리를 지르는 남자를 막기는 힘들었다.

"질문을 회피하는 것도 비겁한 모습 아닌가요?"

강치우가 다시 마이크를 쥐었다.

"회피요? 도대체 작가라는 사람한테 뭘 기대하는 건지 모르겠네요. 질문하신 분은 작가가 어떤 사람이라고 생각하세요? 시대의 정신? 아니면 정의의 수호자? 작가는 그냥 비겁과 위선 중에서 비겁을 택하는 사람들이에요. 너무 위악적인 거 아니냐, 하시겠지만 사실이 그래요. 비겁한 사람 맞아요. 그래도 장점 하나는 있어요. 사람을 이해하려고 노력은 해요. 만약 질문하신 분이 지금 당장 밖으로 나가서 누군가를 살해하게 된다 하더라도 저는 당신을 이해하려고 노력을 할 겁니다. 제 대답은 여기까집니다. 질문은 더이상 받지 않겠습니다."

강치우가 마이크를 내려놓았지만 박수를 치는 사람은 없었다. 낭독회장이 순식간에 싸늘하게 식어버렸다. 사회자가 분위기를 바꾸기 위해 입을 열었다.

"자, 오늘 솔직한 이야기를 해주신 강치우 작가님께 큰 박수 부탁드립니다."

박수 소리는 크지 않았다. 사회자는 서둘러 사인회 공지를 했고, 책을 든 사람들이 기다랗게 한 줄로 섰다. 사인 테이블을 정리하는 사이, 양자인 대표가 강치우 곁으로 다가와서 조용하게 말을 걸었다.

"강 작가, 고생했어요."

"내가 이래서 낭독회 하기 싫다니까. 왜 사람을 진지하게 만드냐고."

강치우가 관객이 듣지 못하도록 등을 돌리고 조용히 투덜거렸다.

"난 재미있던데? 맨날 농담하고 비꼬기 좋아하는 사람이 그나마 진지해지는 순간이 독자와의 만남이잖아요. 앞으로도 자주 마련해야겠어요."

"안타깝네요. 저 남자 질문을 듣는 순간, 앞으로는 절대 참

여하지 말아야겠다고 다짐했어요."

"마음대로 안 될 거야. 작가가 뭐야? 읽어주는 독자가 없으면 아무것도 아니잖아요. 강 작가의 실제 모습을 알면 책 판매 부수가 절반으로 떨어질지도 모르니까 매사에 조심하라고. 어디 가서 강 작가 본색을 들키면 끝이야. 하하."

사인회 준비가 끝나고 강치우는 웃으면서 사인을 시작했다. 이름을 묻고, 이름을 적고, 짧은 인사를 하고, 사인을 하는 일이 반복됐다. 사인을 받으려고 섰던 줄에 마지막으로 남은 사람은 트렌치코트를 입고 스포츠 배낭을 멘 사십대 후반의 여자였다. 키가 백칠십 센티미터는 넘어 보였고, 머리는 노란 고무줄로 대충 묶여 있었다. 강치우가 이름을 묻자 여자는 명함 하나를 내밀었다. 명함의 내용도 패션 센스만큼이나 언밸런스투성이였다. 'M&F'라는 커다란 로고 아래에는 'Missing & Finding'이라는 글자가 금박으로 박혀 있었고, '당신이 그리워하는 사람을 찾으세요'라는 모호하고도 서정적인 문장이 조악한 글씨체로 적혀 있었다. 맨 아래에 '배수연 대표'라는 이름은 너무 작아서 잘 보이지도 않았다.

"배수연 씨 이름으로 사인해드리면 되겠죠? 특이한 회사에 다니시네요."

강치우는 사인을 하면서도 자신을 뚫어지게 보고 있는 눈길을 느꼈다. 오랫동안 기다린 보람을 느끼게 해주어야 할 것 같아서 강치우는 '꼭 찾게 되길'이라는 문구를 적어넣었다. 명함을 돌려주려고 건네자 배수연은 손을 들어 괜찮다는 시늉을 했다.

"가지세요. 나중에 필요하면 연락 주시고요."

배수연이 웃음기를 살짝 머금고 말했다. 비밀을 알고 있다는 투였다.

"제가 왜 이게 필요할까요?"

강치우가 자리에서 일어나며 말했다.

"저희는 회사는 아니고요, 동호회 같은 건데요. 실종된 사람을 찾아내는 실력이 좋답니다. 혹시 모르잖아요. 저희가 소하윤 씨와 관련된 단서를 발견하게 될지."

"꽤 오랜 시간 줄을 서 계셨는데, 안타깝네요. 사생활에 대해 얘기하는 건 좋아하지 않거든요."

"괜찮습니다. 저희 M&F 사람들은 끈기와 참을성 빼면 시체거든요. 이 정도 기다리는 건 일도 아니죠. 실종된 사람을 평생 기다리는 회원분도 있는데요, 뭘."

"명함은 기념으로 간직하죠. 조심히 돌아가세요."

강치우는 가볍게 목례하고 출판사 직원들이 있는 곳으로 갔다. 방해 금지 모드로 해두었던 핸드폰에는 부재중 전화 여러 통과 문자메시지가 도착해 있었다.

1-6

"제, 제가 진짜, 정말로, 정신없이 바빴다니까요."

이기동이 한숨을 푹푹 내쉬면서 강치우 앞에 위스키 잔을 내려놓았다. 원룸 스튜디오의 모든 등은 꺼두었고, 소파 앞 테이블에 놓인 작은 수면등이 빛의 전부였다. '미피' 캐릭터 수면등의 노란색이 사방으로 은은하게 퍼졌다. 벽에는 딕 브루너의 얼굴이 커다랗게 인쇄된 포스터도 있었다.

"저 토끼는 네가 입을 엑스 자로 그린 거야?"

강치우가 위스키 향을 맡으며 말했다.

"딕 브루너 몰라요? 미, 미피잖아요."

이기동은 병맥주를 마셨다.

"난, 또. 앞으로 비밀을 잘 지키고 쓸데없는 이야기는 하지 않겠다는 딜리터로서의 다짐을 그린 건 줄 알았네."

"보고 있으면 자, 잠이 잘 옵니다."

"오늘은 어딜 쏘다니느라 하루종일 내 연락을 개무시한 거야? 다시 전화해준다고 하지 않았나? 내가 잘못 들은 건가?

네가 앞으로 하게 될 설명이 그럴듯하지 않을 경우엔 네 입을 미피인지 키티인지 저 토끼처럼 만들어버릴 거야. 나 개연성 중요하게 생각하는 거 알지? 나를 이해시켜봐."

"소설에서 말하는 개, 개연성이 현실에서는 개연성이 없는, 말이 안 되는 단어입니다. 제, 제가 오늘 하루종일 돌아다닌 궤적을 보여주면 개연성이 없습니다. 아침에는 딜리팅하고, 오후에는 인터넷에서 저격당하고, 저녁에는, 강치우 씨가 부탁하신 일을 제, 제가 해결하느라 밥도 먹지 못했습니다."

"아냐, 충분히 개연성 있어. 나처럼 게으른 소설가라면 꿈도 못 꿀 일이지만, 이기동 너는 부지런하잖아. 부지런했고, 앞으로도 부지런해야 해. 왜냐하면 내가 맡긴 일을 빨리 처리해줘야 하니까."

"이 영상 봤습니까?"

이기동은 마술사 V의 영상을 보여주었다. 화장을 짙게 하고 통이 높은 모자를 쓴 V는 성별을 구별하기 힘들었다. 목소리 역시 중성적이었다.

"이거 네 얘기네? 고대 흑마술 어쩌구저쩌구. 너 유명해지겠다."

"V라는 마술사 때문에 오늘 전화가 계속 울렸습니다. 조회수가 십만입니다. 앞으로 고, 골치 아프게 생겼습니다."

"골치 아프긴 뭐가 골치 아파. 네 존재를 더 많이 알게 됐으니 상담 주문이 더 늘어나겠지."

"저, 저는 그늘이 딱 좋습니다. 음지에서, 그늘에서, 햇볕 피하면서, 조용히, 아무 말도 안 하고, 딜리팅하는 게 체질에 딱 좋습니다. 수면 위로 올라가면 저, 저를 잡으려고 낚시꾼들이 전부 달려들 겁니다."

"낚시꾼들을 잔뜩 모은 다음에 혹등고래처럼 한꺼번에 미끼를 잡아당겨버려."

"진짜 답답하고, 심란합니다."

"그런 건 낚시꾼들이 모이고 나서 걱정할 일이야. 그보다는 지금 네 앞에 앉아 있는 낚시꾼 소설가를 걱정해야 하는 거 아니냐? 알아봤어?"

"제, 제가 일단, 며칠 동안 밤을 새웠다는 걸 말씀드리고 싶습니다. 매진하고, 몰두해서, 집중했습니다. 저는 그 어떤 역경이 있더라도 딜리터로서의 일을 전문가로서……"

강치우가 주머니에 있던 돈봉투를 테이블 위에 던졌다. 묵직한 물건이 떨어지는 소리가 들렸다. 이기동은 그 소리로 적지 않은 돈이라는 걸 알았다.

"알아낸 게 있으면 봉투에서 돈을 꺼내 가. 만약 완전하게 일을 해결했으면 다 가져가고, 그게 아니라면 알아낸 만큼 돈을 가져가. 얼마나 집어 가는지 보자."

이기동은 테이블 위의 돈봉투를 집어 들어 안을 들여다봤다. 눈이 적당히 커질 정도의 액수였다. 이기동은 좋지 않은 패를 들고도 판을 이겨버린 사기꾼 같은 미소를 짓더니, 돈봉투를 재킷 주머니에 집어넣었다.

"뭐야? 알아냈어?"

"제, 제가 누굽니까? 딜리터지만, 사, 사람 찾아내는 귀신입니다. 여기 있습니다."

이기동이 바지 주머니에 들어 있던 종이쪽지를 강치우에게 건냈다. 강치우는 종이쪽지에 적힌 내용을 외운 다음 먹어버렸다. 삼킨 다음 입맛을 다셨다.

"이름하고 주소 확실하지? 남의 집 들어갔다가 주거침입 걸리는 거 아니지?"

강치우는 남은 위스키를 모두 마신 다음에 물었다.

"배, 백 퍼센트 확실합니다."

이기동이 맥주병을 들고 소파에 기댔다. 재킷 주머니에 들어 있던 하얀 돈봉투 끝이 살짝 삐져나왔다.

"어떻게 알아냈는지 물어봐도 실례가 안 될까? 우리 딜리터님. 스토리가 궁금해서."

"실례입니다. 추가 금액 내시면 알려드립니다."

"너는 진짜 돈 얘기할 때는 말을 안 더듬더라. 돈봉투 안에 있는 금액을 확인했으면 서비스로 얘기해주고 싶을 만도 한데."

"공과 사는 나눕니다. 기본 서비스와 추가 서비스도 확실하게 선을 긋습니다."

"좋아, 추가 서비스니까 내용을 들어보고 내가 금액을 책정할게. 얘기해봐."

"이야기로 돈 버는 분이니까, 제, 제가 한번 도전해보겠습니다. 엄청 재미있는 이야기입니다."

이기동은 소파에서 등을 떼고 몸을 앞으로 굽히면서 말했다. 주머니 속에서 돈봉투가 조금 더 삐져나왔다.

"기대되네."

"마술사 친구가 있습니다. 마술계에는 여러 종류, 다양한 파벌과 무리, 집단이 있는데, 그 친구는 헤르메스주의를 좋아합니다. 이런 말 들어보셨습니까? '위에서 그러하듯이, 아래에서도', 영어로 하면 'As above, so below'."

"마술사들이 하는 말 아닌가? 책에서 읽은 것 같은데?"

"맞습니다. 아시네요? 마술사들이 자주 인용하는 그 말이 바로 헤르메스주의의 문장입니다. 아래에 있는 것은 위에 있는 것에 영향을 미치고, 위에 있는 것은 아래에 있는 것과 마주친다. 두 개가 하나가 되고, 대우주 안에 소우주가 있고, 소우주 안에도 대우주가 있고."

"재미있는 이야기가 곧 나오는 거지? 아직은 돈을 지불할 마음은 안 생기고, 줬던 돈을 다시 뺏어야 될 것 같다."

"헤르메스주의 안에는 '픽투스레이어'라는 작은 비밀 집단이 있습니다. 중세 때는 없었고 현대에 만들어진 집단인데, 헤르메스주의의 처음으로 거슬러 올라가서, 변질되기 전의 시작으로 돌아가야 한다고 생각하는 사람들입니다. 그 사람들은 우주의 비밀을 알아내기 위해서 뭐든 동원합니다. 종교도, 과학도, 점성술도 다 공부합니다."

강치우는 이기동이 잘 볼 수 있도록 커다랗게 하품을 했다. 이기동은 신경쓰지 않고 계속 이야기를 이어나갔다. 강치우는 눈을 감고 고개를 끄덕이면서 졸리다는 신호를 계속 보냈다.

"그들의 우두머리가 될 수 있는 사람은 선택받은 '픽토르'입니다. 픽토르는 화가라는 뜻인데, 여러 가지 세계를 한꺼번에 보는 겁니다. 행동하는 사람이 아니고 보는 사람이 리더가 되는 겁니다. 소우주도 보고, 대우주도 보고, 위도 아래도 다 보는 사람, 그걸 다 그려낼 수 있는 사람. 실제로 그런 사람이 있습니다."

"그래서, 결론적으로 네가 그 집단을 찾아낸 거야? 소우주도 보고 대우주도 보는 그런 사람을 찾아냈다고?"

"아닙니다. 픽투스레이어는 오래전에 사라졌고, 허공에서 해체되고, 문서에서 소멸했습니다."

"그래서 지금 돈 값어치를 하는 이야기가 뭔데? 나 화나려고 그런다."

"마술사 친구가 우연히 이 사람을 만났는데, 픽토르의 재현이라는 생각이 들었다고 합니다. 자신은 알지 못하지만 픽토르의 피를 이어받은 사람, 환각에 시달리고 있지만 환각 속에서 모든 걸 보는 사람, 보고 싶지 않아도 저절로 진실이 보이는 사람입니다."

이기동은 두 손을 눈 옆에 대고, 차안대를 쓴 경마장의 말 흉내를 내며 말했다. 두 눈으로 강치우를 뚫어지게 바라보았다. 자신이 찾아낸 이야기에 값을 매겨달라는 뜻이었다. 강치우는 재킷 주머니에 손을 집어넣었다. 그러곤 빈손을 다시 빼서는 이기동을 향해 박수를 쳤다.

"이야기가 끝난 거지? 잘했어. 아주아주 잘했어. 박수 많이 받아."

"가, 값은, 이야기 금액은 안 줍니까?"

"야, 지금 네가 읊은 건 이야기가 아니지. 그냥 정보잖아. 스토리가 되려면 주인공이 있고, 위기가 있고, 악당이 있고, 굴

곡이 있어야지. 나는 논문 브리핑인 줄 알았어. 깜빡 잠들 뻔
했다니까."

"그, 그러면 정보에는 값을 안 쳐줍니까?"

"내 기준엔 그래. 나는 논픽션 작가가 아니고 픽션 작가니
까. 이야기에는 값을 지불하지만 정보는 별로야."

"자, 자꾸 그러시면 나중에 진짜 좋은 정보가 있어도 알려
드리지 못하는 수가 생깁니다."

"뭐야, 나 협박하는 거야?"

"협박이 아닙니다. 미, 미래를 함께 대비하는 겁니다."

"미래…… 갑자기 그 단어가 생소하게 느껴지네. 내가 일
을 맡길 때 얘기했잖아. 만약 내가 원하는 걸 제대로 찾아주
기만 하면 너는 많은 걸 얻을 수 있다고. 네가 지금 알려준 정
보가 황금인지 똥덩어리인지 한번 기다려보자고."

강치우는 이기동의 어깨를 한 번 툭 치고 밖으로 나섰다.
계단을 내려가는데, 코끝이 찡할 정도로 차가운 바람이 불고
있었다. 강치우는 이기동이 이야기해준 내용을 대부분 알고
있었다. 픽투스레이어라는 단어는 처음이었지만, 레이어에 대
해서는 이미 오래전부터 들어온 내용이었다. 아침에 읽었던
문장이 갑자기 떠올랐다. "이미 땅에 묻은걸." 이층에서 일층
으로 내려가는 계단이었지만 그 문장 때문에 지하로 내려가

고 있는 것 같은 기분이 들었다.

1-7

다음날, 강치우는 일어나자마자 이기동이 준 주소로 찾아
갔다. 잠을 제대로 자지 못했다. 잠에 빠져들 만하면 어둠 속
에서 누군가 말을 걸어왔다. 목소리도 불분명하고 내용도 알
아들을 수 없었지만, 사람의 말소리인 것은 분명했다. 새벽에
야 겨우 잠이 들었고, 두 시간 만에 깨어났다. 샤워를 하고 곧
장 집밖으로 나왔다. 책점은 전날보다 더욱 불길했다. 양쪽 페
이지 모두 심란한 내용이었다. 왼쪽 페이지의 셋째 줄에는 "활
활 타올라 위험 수위에 다다르고 있었다"라는 문장이 있었
고, 오른쪽 페이지에는 "우리가 다 죽어버리면요? 이 방법 말
고는 없어요?"라는 문장이 있었다. 어렸을 때 재미있게 읽었
던 책을 골랐는데도 살벌한 문장이 나왔다.

카페에 들어가서 자리를 잡은 다음 커피를 주문했다. 건너
편 건물이 잘 보이는 창가 자리였다. 건물 입구에는 번호 키가
달려 있었고, 입주하고 있는 사람들만 출입할 수 있는 구조였
다. 강치우는 커피를 마시면서 어떻게 목표 장소로 접근하면

좋을지 계획을 짜보았다. 일단, 저 문을 통과해야 한다. 그다음에는 무작정 밀고 들어간다. 아니면 관찰을 하다가 빈틈이 발견되면 치고 들어간다. 또는, 외출했을 때 몰래 집으로 들어가서 증거들을 확보한다. 일단 건물로 들어가서 주변 상황을 파악한다. 그것도 아니라면…… 빈 커피잔을 바라보고 있다가 모든 계획이 수포로 돌아가는 소리를 들었다.

"강치우 작가님 맞죠? 저 팬이에요. 혹시 사인해주실 수 있어요?"

카페에서 누군가 알아보는 얼굴인데, 남의 집에 무단 침입하다가 발각이라도 되는 날이면 다음날 뉴스에 나오는 건 당연한 수순일 것이다. 종이에다 사인을 해주고 강치우는 더이상의 대화를 차단하기 위해 자리에서 일어나 바깥으로 나갔다.

횡단보도를 건너 목표 건물로 다가갔을 때 안에서 누군가 문 쪽으로 걸어 나오고 있었다. 좋은 타이밍이었다. 강치우는 건물에 살고 있는 사람처럼 여유 있는 웃음을 지으며 상대가 문을 열고 나오길 기다렸다. 문이 열렸는데도 안에 있던 사람은 나오지 않았다.

"저 만나러 오신 거죠?"

선글라스 아래로 보이는 피부에 다크서클이 까맣게 스며 들어 있는 여자였다. 다크서클까지 선글라스의 부분이라고 생각될 정도였다. 다크서클이 주는 인상이 하도 강해서 외모의 다른 부분은 몹시 평범하게 느껴졌다. 말랐고, 키가 컸고, 선글라스 너머로 희미하게 보이는 눈도 컸다.

"절 아세요?"

강치우가 문 앞에 선 채 되물었다.

"누군지는 몰라요. 저 만나러 온 거 아녜요?"

"그쪽이 조이수 씨입니까?"

"맞아요."

"네, 그렇긴 한데 이렇게 갑작스럽게 만나게 될 줄은 몰랐네요."

"따라오세요."

조이수는 강치우의 반응을 보지도 않고 곧장 이층으로 걸어 올라갔다. 낡은 건물에는 온갖 종류의 퀴퀴한 냄새가 가득 들어차 있었다. 소독약 냄새도 났고, 기름 냄새, 썩은 나무 냄새, 가죽 냄새도 났다. 이층 안쪽까지 걸어가는 길은 쓰레기 하치장으로 통하는 입구나 마찬가지였다. 복도 깊은 곳으로 들어갈수록 집밖에 꺼내놓은 쓰레기의 양이 많아졌다. 조이수는 맨 끝 방 222호의 문을 열고 안으로 들어갔다.

방안의 풍경 역시 충격적이긴 마찬가지였다. 쓰레기장 같은 복도와는 달리 방안에는 가구라고 할 만한 게 거의 없었다.

창문 앞에 의자 하나, 가로 일 미터 정도의 옷장 하나가 전부였다. 강치우의 발소리가 울릴 정도였다. 조이수는 옷장 안에서 접이식 의자 하나를 꺼내 와서 창문 앞에 내려놓았다. 창밖으로 보이는 건 빼곡한 빌딩뿐이었다.

"앉아요."

조이수가 무미건조하게 말했다.

"고맙습니다."

강치우가 접이식 의자에 앉자 플라스틱이 조금 으깨지는 듯한 소리가 들렸다. 아주 오래된 의자 같았다. 강치우는 조이수의 얼굴을 보면서 정보를 수집했다. 나이는 삼십대 초반, 몇 달 동안 햇빛을 보지 못한 듯한 피부, 반투명한 선글라스, 그 너머로 보이는 쌍꺼풀이 무거운 듯 반쯤 감은 눈, 소매 바깥으로 나온 팔은 너무 가늘어서 실제 팔인지 의심스러울 정도였다.

"제 소개부터 할게요. 저는 강치우라고 하고요. 소설을 쓰고 있습니다."

"아, 소설가시구나."

"시간 끌지 않고 바로 본론을 말하죠. 당신이……"

"보이냐고요?"

"네?"

"그것 때문에 온 거 아녜요? 이상한 세상이 보이고, 남들이 볼 수 없는 걸 본다고."

"정말 그래요?"

"꿈 자주 꿔요?"

"자주 꾸겠죠. 기억은 못하지만."

"가끔 그럴 때 있지 않아요? 꿈인 걸 분명히 알겠는데 진짜 세상 같은 기분?"

"있죠. 지금도 그래요. 분명히 현실이라고 생각했는데, 조이수 씨 이야기하는 걸 듣고 있으니 이게 꿈일지도 모르겠구나 싶네요. 현실의 공간이라고 하기에는 여기가 지나치게 미니멀하잖아요."

"미니멀한 건 현실이 아니에요?"

"그럼요. 이렇게 미니멀한 건 현실의 영역이 아니죠. 신의 영역이지. 하느님은 단순한 걸 좋아하신다잖아요. 저 옷장 열면 은하수가 펼쳐지는 거 아니에요? 하하, 농담입니다."

"옷장 안에는 시체가 있어요."

"네?"

"삼 년 전에 제가 죽인 사람이 들어 있어요. 아니에요, 미안해요. 거짓말이에요."

"놀리는 겁니까?"

"아뇨. 저도 모르게 거짓말을 할 때가 있어요. 반사 신경 같은 거예요."

"신기하네요. 거짓말을 하고 바로 거짓말이었다고 고백하시네요."

"그게 차이죠. 제 거짓말에는 목적이 없어요."

"옷장을 열어보고 싶어지네요."

"저는 잠을 못 자요."

"저도 어제 잘 못 잤어요. 두 시간 잤나?"

"저는 매일 한 시간도 못 자요."

"그게 가능해요?"

"눈만 감고 있어요. 눈을 감으면 다른 세상이 보이는데, 그게 어릴 때 꾸었던 꿈처럼 느껴져요. 그래서 이 선글라스가 없으면 안 돼요."

"거짓말 아니죠?"

"거짓말이면 거짓말이라고 얘기해요."

"언제부터 그랬는데요?"

"오 년 전."

"무슨 일이 있었어요?"

"별일 없었어요. 특별한 이유 없이 불면증이 시작됐어요. 눈을 감으면 이상한 목소리가 들리고, 다른 세상이 보이니까 계속 눈을 뜨고 있었어요."

"다른 세상이란 게 어떻게 생겼어요?"

"말로 설명하기 힘들어요."

조이수는 눈을 한 번 깜빡이더니 강치우가 앉아 있는 의자를 가리켰다.

"여기 의자가 있죠? 눈을 감으면 의자가 사라지고, 다른 물건들이 나타나요. 눈을 감는 건 저한테는 스위치 같은 거예요. 두 개의 세상을 왔다갔다하는 스위치. 픽투스레이어라고 들어봤어요?"

"신기한 일이네요. 이틀 연속으로 그런 해괴망측한 이름을 듣게 될 줄은 몰랐어요."

"어떤 마술사가 알려줬는데, 픽투스레이어의 문서를 보고 깜짝 놀랐어요. 제 증상이랑 너무 비슷했거든요. 세상은 여러 개의 레이어로 만들어져 있대요. 레이어가 뭔지 알아요?"

"잘 모르시겠지만 제가 포토샵 전문가예요. 어릴 때부터 싫어하는 놈들 사진 오려내는 게 취미였거든요. 포토샵 레이어에 관한 한 달인의 경지라고 할 수 있죠."

"믿거나 말거나지만, 포토샵의 기능 대부분이 픽투스레이어로부터 왔대요."

"저는 말거나 쪽으로 갈게요."

"세상은 네 개의 레이어로 만들어져 있대요. 가장 아래쪽 레이어는 지구 표면이에요. 우리가 딛고 있는 땅, 그게 배경으로 깔려 있고, 그 위의 레이어에는 식물과 동물과 인간이 살고 있어요, 바로 그 위에 숨겨진 레이어가 있어요. 여분 레이어라고도 부르는데, 제 눈에 보이는 게 바로 그 여분 레이어인 것 같아요."

"나머지 레이어 하나는요?"

"암흑, 우주, 공허, 텅 빈 거, 뭐 그런 거래요."

"그 레이어 마음에 드네요."

"픽투스레이어에는 픽토르라는 리더가 있는데, 그 사람만 레이어를 넘나들면서 볼 수 있대요."

"그 얘기도 어제 들었어요. 조이수 씨가 그 픽토르의 피를 물려받았다고."

조이수가 한숨을 내쉬었다. 선생님에게 발표자로 지목받은 학생의 표정 같았다.

"소설가라고 그랬죠?"

"네. 흔히들 그렇게 부르더군요."

"소설가는 타고나는 거라고 생각하세요? 그러니까······ 뭐랄까, 기록하는 사람의 피를 물려받는 거라고 생각해요?"

"제가 어릴 때 수술받으면서 다른 사람 피를 수혈받은 적이 있거든요. 그 사람 피가 제 몸을 한 바퀴 빙 돌고 나니까 작가가 되어야겠다는 생각이 들었어요. 그전에는 작가라는 직업은 생각도 해본 적이 없거든요. 그 사람 피를 물려받은 거죠."

"방금 그거 지어낸 얘기죠?"

"소설가란 그런 사람이에요."

"제가 한 얘기를 믿어요? 여분 레이어, 픽토르…… 뭐 그런 거. 거짓말한다고 생각 안 해요?"

"믿고 안 믿고의 문제가 아닌 것 같은데요? 보이느냐, 보이지 않느냐의 문제지. 저는 일단 볼 수 없으니까, 조이수 씨를 믿고 싶습니다. 그래서 여기까지 찾아온 거고요."

"사람들은 안 믿어요. 미친 거래요. 귀신 들렸대요. 그래서 자꾸만 내 입에서 거짓말이 나오나봐요."

조이수는 의자에서 일어나 창밖을 내다보았다. 창문 바깥에서는 파리 한 마리가 안으로 들어오려고 사투를 벌이고 있었다. 창문으로 가로막힌 두 개의 세계. 바깥은 춥고 안은 따뜻하다. 동시에 존재하지만 파리에게는 도저히 건너갈 수 없는 건너편의 세계. 창문이 열려야만 도달할 수 있는 세계.

"조이수 씨에게 소개를 제대로 해야겠네요."

강치우가 의자에서 일어나며 말했다.

"알고 있어요."

조이수가 말했다.

"뭘 알고 있어요?"

"강치우 씨, 당신이 누군지."

"제가 누군데요?"

"당신 얼굴을 보자마자 알았어요. 제가 이런 얘기를 아무에게나 한다고 생각해요? 다들 나를 미친 사람 취급하는데? 당신이 누군지 알았으니까 얘길 한 거죠. 날 왜 필요로 하는지도 알아요."

"필요……하죠. 필요합니다, 조이수 씨가. 진짜로 그런 능력을 가지고 있다면요. 정말 여분 레이어를 볼 수 있다면, 도와줄 수 있겠어요?"

"그건 차차 생각해보죠, 딜리터 씨."

"딜리터 씨라…… 오랜만에 들어보는 이름이네요."

"저도 딜리터라는 존재를 처음엔 믿지 않았어요. 강치우 씨를 보는 순간 딜리터라는 걸 알았죠. 어떻게 아는지는 몰라요. 그냥 느껴져요."

"제가 어릴 때부터 마이너스의 손으로 유명했어요. 뭘 만지면 전부 사라지고, 깨지고, 고장나고…… 그거야말로 타고난 거죠. 모든 걸 망가뜨리는 사람. 새걸로 바꾸고 싶은데 절대 고장나지 않는 가전제품 있으면 하나 줘보세요. 바로 신제품을 살 수 있게 해드릴게요."

"딜리팅이라는 능력을 그렇게 소개하시는군요?"

"어릴 때는 저주라고 생각했습니다."

"어릴 때는 뭐든 다 저주 같죠."

조이수가 웃으며 의자에 앉았다. 강치우는 조이수 가까이로 의자를 끌어당겨 앉았다.

"좋아요. 그럼 우리 간단한 것만 하나 해볼까요?"

강치우가 말했다.

"사기치는 거 아닌지 서로 확인하자는 거죠?"

"아뇨. 사기칠 사람이라고 생각하지는 않고요. 제가 원하는 걸 정확히 줄 수 있는 분인지 확인이 필요한 거죠."

"좋아요. 지금 복도 끝에 있는 화장실에 다녀올 테니까 강치우 씨가 가지고 있는 걸 아무거나 지워보세요."

조이수는 의자에서 일어나 문을 열고 바깥으로 나갔다. 강치우는 재킷 주머니에 있는 것들을 꺼내보았다. 지갑, 핸드폰, 작업실 열쇠. 지울 만한 게 없었다. 바지 주머니에 립밤이 들어 있었다. 며칠 전에 산 것이지만, 지울 만한 건 그것뿐이었다. 강치우는 두 손바닥으로 립밤을 감쌌다. 눈을 감고 속으로 무언가 중얼거렸다. 강치우의 손가락이 가늘게 떨렸다.

"지웠어요?"

조이수가 문을 열고 들어오며 말했다. 강치우는 말없이 손바닥을 펴 보였다. 그 안에는 아무것도 없었다.

"사라졌네요."

강치우가 말했다.

"음, 처음부터 너무 큰 힌트를 주고 시작하시네요."

조이수가 양 손가락으로 관자놀이 주변을 꾹꾹 누르면서 말했다.

"어떤 게 힌트죠?"

"손바닥을 펴 보였잖아요. 손바닥보다 작은 물건이라는 힌트죠."

"아…… 그건 트릭이었어요. 실은 바깥에 있는 자동차 한 대를 막 지웠거든요."

"재미있네요. 하, 하, 하."

"눈을 감고 있기만 하면 되는 건가요? 눈을 감기만 하면, 그 뭐였죠? 아, 레이어, 여분 레이어가 보여요?"

"그럴 때가 많죠. 어떤 때는 보려고 노력을 해야 되지만, 대체로는 그냥 보일 때가 많아요. 일상적으로 눈을 깜빡일 때는 보이지 않지만 한 십 초 정도만 눈을 감으면 보여요."

"상상이 안 가네요. 눈을 감았을 때 다른 세상이 보인다는 게."

"즐거운 경험은 아니에요. 가끔은 내가 눈을 감고 있는 건지, 뜨고 있는 건지 구분이 안 갈 때도 있으니까요. 자, 그럼 조금만 집중할게요."

조이수는 선글라스를 벗고 눈을 감았다. 눈꺼풀 아래로 눈동자가 파르르 떨리는 게 보였다. 좌우로 움직이기도 했다. 어떤 자극이 있었는지 움찔거리면서 눈을 질끈 감기도 했다. 강치우는 조이수에게 가까이 다가가서 감은 눈을 들여다보았다. 눈을 감았을 때 다크서클이 더욱 두드러져 보였다. 눈이 있어야 할 곳에 검푸른 두 개의 지도가 인쇄돼 있는 것 같았다.

조이수가 눈을 떴다. 엄지와 검지로 입술 바르는 시늉을 했다.

"하얀색 립밤이네요. 표면이 깨끗한 걸 보니까 거의 쓴 적이 없는 것 같은데요?"

"빙고. 정확합니다. 신기하네요. 이럴 때는 신비롭다고 해야 하나? 카메라 설치해둔 거 아니죠?"

강치우가 박수를 치면서 말했지만, 조이수는 눈을 뜨지 않았다. 여전히 어딘가를 보고 있었다. 눈꺼풀 아래 눈동자가 흔들리고 있었다.

"여기에 또 뭐가 보이는 줄 알아요?"

조이수의 목소리는 안개 속에 숨은 듯 뿌옇게 흘러나오고 있었다. 강치우에게 하는 말 같지 않고, 꿈속에서 속삭이는 것 같았다.

"저도 보고 싶네요."

"볼 때마다 놀라요. 여기엔 공간이 느껴지지 않아요. 많은 것들이 뒤엉켜 있는데도 하나도 비좁지 않아요. 모든 것들이 평화롭게 공존하고 있어요."

"저같이 시끄러운 놈들이 없나보네요."

"이곳을 바라보고 있는 건 하나도 피곤하지 않아요. 그래서 잠을 못 자도 괜찮은가봐요."

조이수가 갑자기 눈을 떴다. 얼굴을 가까이 하고 있던 강치우는 깜짝 놀라서 뒤로 물러났다. 조이수의 눈동자는 어딘가를 향하지 않았다. 사방을 동시에 보고 있는 것 같았다.

"왜 그래요?"

강치우가 물었다.

"아니에요. 갑자기 전에 안 보이던 게 보여서요."

조이수가 대답했다.

"그게 뭔데요?"

"모르겠어요. 아직 저도 뭔지 잘 모르겠어요. 딜리터 씨, 이제 제 능력을 아셨죠? 뭘 도와드릴까요?"

조이수의 눈동자가 현실로 돌아왔다.

2장

딜리터는 삼차원의 세계에 원근법을 이용하고 그림자를 넣어서 새로운 레이어를 만들어낸다.

딜리터는 현실 이외의 다른 차원이 있다는 것을 알려준다. 선지자이며, 예언가이다. 휘어져 있고, 말려 있던 숨은 레이어로 현실의 물건을 이동시키는 사람이다. 딜리터는 현실의 숨은 진실을 드러내는 사람이다.

딜리터는 지우는 사람이 아니라 더하는 사람이다. 지움으로써 더하고, 더하면서 지우는 사람이다. 우주의 단위에서 보면 더하기와 지우기가 똑같음을 알려주는 존재다. 딜리터는 우주의 저울이다.

—『딜리터 묵시록』중에서

2-1

배수연은 핸드폰을 방해 금지 모드로 바꾸고 자리에 앉았다. 스무 평 남짓 되는 사무실에 앉아 있던 열 명의 시선이 모두 배수연에게 향했다. 사람들의 목에는 자신의 이름, 현재 맡고 있는 사건의 이름, 진행 상황이 적힌 명찰이 걸려 있었다.

"오늘은 집회 전에 알려드릴 게 있습니다. 이윤기 회원님 잠시 일어나주시겠어요?"

배수연 바로 옆에 앉아 있던 이윤기가 자리에서 일어났다. 명찰에는 '이윤기 / 이선미 실종 / 178일 종료'라고 적혀 있었다. 이윤기의 얼굴은 굳어 있었다.

"많이들 아시겠지만 이윤기 회원님의 동생 이선미 씨가 한 달 전, 싸늘한 주검이 되어 돌아왔습니다. 우리는 윤기 님이 얼마나 노력했는지, 얼마나 다양한 방법으로 동생을 찾고자 했는지 잘 알고 있습니다. 부패가 많이 진행된 상태라서 오늘에야 신원을 최종 확인했고요. 아마도 급류에 휩쓸려서 떠내려간 것으로 추정하고 있습니다. 우리 다 같이 이윤기 회원님 한번 안아드리죠."

앉아 있던 아홉 명의 사람들이 모두 일어났다. 포옹은 오랫동안 이어졌다. 위로의 말을 건네는 사람도 있었고, 등을 토닥여주는 사람도 있었다.

"이윤기 회원님의 얘기를 들어볼까요?"

배수연이 한 발 뒤로 물러서면서 이윤기에게 시선을 집중시켰다.

"음⋯⋯ 어떤 말을 해야 할까요. 그동안의 일들이 눈앞을 스쳐가네요. 저는 동생이 실종된 후에 어찌할 바를 몰랐습니다. 현실 같지 않고 모든 게 악몽 같았어요. 만약 M&F 회원님들이 없었다면, 저는 진작에 쓰러졌을 겁니다. 곁에서 힘이 되어주신 여러분은, 저의 목숨을 살린 거나 마찬가지입니다. 혼자 있을 때면 가끔 그런 생각을 해봅니다. 우리 선미가 살아 있다면, 만약에 살아 있다면, 아무리 긴 시간이 걸려도 상관없고, 설령 못 만난다 해도 상관없다고요. 나는 여러분이 있으니까 버틸 수 있다고 생각했어요. 살아 있기만 바랐어요. 이제 선미의 죽음을 맞닥뜨리고 보니 마음이 이상해요. 가슴이 찢어질 것 같은데, 웃기는 게 뭔지 알아요? 여러분을 더이상 만날 수 없다고 생각하니까, 여기에서 이런저런 이야기를 나눌 수 없고, 다른 사람의 실종 이야기를 들으면서 함께 마음 아파할 수 없다고 생각하니까 너무 서운한 거 있죠. 제가 미쳤나봐요. 178일은 어쩌면 선미의 죽음을 받아들이는 데 필요한 시간이었는지도 몰라요. 그동안⋯⋯ 진짜 진짜 감사했습니다."

이윤기는 입술을 꾹 다물며 눈가의 눈물을 닦아냈다. 몇 사람이 함께 울음을 터뜨렸지만 소리가 새어 나오지 않게 하려고 온 힘을 다하고 있었다. 배수연이 다시 앞으로 나서며 이야기를 시작했다.

"이윤기 회원님, 아직 우리 끝나지 않았잖아요. 지금 맡고 계신 사건이 하나 더 있잖아요."

배수연이 큰 몸동작으로 과장되게 말했다. 이윤기는 회비 내는 걸 잊은 사람처럼 깜짝 놀라면서 목에 멘 명찰을 뒤집었다. 뒤에는 '소하윤/175일'이라고 적혀 있었다.

"네, 맞아요. 우리 선미는 이제 영영 돌아올 수 없지만 이 사람은 제가 어떻게든 찾아낼게요. 앞으로도 매주 이곳에 와서 진행 상황을 알려드리겠습니다."

이윤기의 목소리에 갑자기 힘이 들어갔다. M&F의 규칙은 '원 플러스 원'이다. 자신이 찾고 싶은 사람 한 명을 찾으면서, 비슷한 시기에 실종된 또다른 사람을 같이 찾는 방법. 사적인 찾기에 공적인 찾기를 함께 하는 것이다. 그렇게 되면 자신이 찾고자 하는 사람에 대한 감정이 조금 둔화되고, 그리움을 조절하면서 사건을 객관적으로 바라볼 줄 알게 된다. 배수연은 새로 가입한 회원의 이야기를 듣고, 그 사람에게 어울리는 실종 사건을 배당해주는 역할을 했다.

"네, 이윤기 회원님 덕분에 든든하네요. 소하윤 케이스는 저도 계속 관심 가지고 있으니까 함께 잘 찾아봐요. 자, 오늘 브리핑도 시작해볼까요? 어떤 분부터 해볼까요?"

누군가 손을 들었고, 한 명씩 자신이 찾고 있는 두 사람에 대한 진행 상황을 보고했다. 경찰이 알려준 내용과 자신이 직접 조사한 내용을 비교하며 보고했다. 경찰의 관심이 덜한 사건일 경우 경찰이 알고 있는 것보다 훨씬 자세한 내용일 때가 많았다. 실종 사건이 어떤 식으로 흘러가는지 알려주는 사람도 있었고, 정보를 어떻게 모으는 게 좋은지 세세하게 알려주는 사람도 있었다. 중간중간 배수연의 짤막한 강의가 펼쳐지기도 했다.

"실종자들은 네 가지로 분류할 수 있어요. 첫째, 갑작스러운 사고사. 예기치 못한 사고를 당하는 겁니다. 어딘가에 연락할 시간도 없습니다. 이윤기 회원님의 동생도 그런 케이스인 걸로 확인됐죠. 둘째는 자발적 실종. 갑자기 모든 게 싫어서 사라지는 겁니다. 누군가를 피해서 도망치는 것일 수도 있고요. '나를 찾지 말아요' 이런 메시지를 남기는 사람도 있지만, 자신을 죽은 사람으로 취급하길 바라는 사람들은 아무런 말도 하지 않고 사라집니다. 사람들이 거의 없는, 구석진 곳에서 살아가는 거죠. 셋째는 납치나 인신매매입니다. 어디론가 끌려가서 연락

할 기회가 없는 겁니다. 넷째는 살인입니다. 누군가 죽인 다음 흔적을 지워버리는 겁니다. 우리 M&F는 모든 실종이 둘째와 셋째이길 바라는 마음이죠. 어떤 일이 일어났든 살아 있으면 만날 수 있으니까요."

모임이 끝나고 사람들은 간식을 먹으면서 대화를 나누었다. 돌아가면서 간식을 준비하는데, 오늘은 이윤기가 샌드위치를 배달시켰다. 모임이 거의 끝나고, 대부분의 사람들이 돌아가자 이윤기는 배수연에게 다가왔다. 잠시 뜸을 들이다가 이윤기가 말했다.

"회장님, 드릴 말씀이 있어요."

"네, 윤기 님."

배수연은 가방을 챙기다가 돌아서며 말했다.

"소하윤 씨 케이스 말인데요. 제가 정보를 하나 입수했어요. 그런데, 그게 좀······"

"불법이에요?"

"불법까지는 아닌 것 같은데요. 소하윤 씨가 전에 쓰던 노트북을 입수했습니다. 소하윤 씨가 쓰던 노트북을 포맷한 다음에 친구에게 줬는데요, 전문가한테 물어보니까 가능하답니다, 복구가."

"와, 어떻게 그걸 구했어요?"

"돈을 좀 썼죠. 거기까지만 말씀드릴게요. 심각한…… 불법은 아니라고 생각합니다."

"윤기 님은 소하윤 씨가 증발했다고 생각하죠?"

"네, 아직 살아 있는 쪽으로 생각하고 있어요. 제가 꼭 찾아낼 겁니다."

"강치우라고 알아요?"

"네, 일 년 전에 헤어진 남자친구죠. 그 사람이 상관이 있을까요?"

"며칠 전에 경찰이 불러서 조사를 했어요. 소설가인데요, 그 사람이 쓴 책에 소하윤 씨 삶이 고스란히 들어 있대요. 이야기만 들어도 찜찜하죠? 저도 한번 만나봤는데요, 분명히 뭔가 있어요."

"그럼, 소하윤 씨는…… 살인 사건이라고 생각하세요?"

"그럴지도 모르죠. 모든 가능성을 열어놓아야죠. 어디로 돌아올지 모르니까."

"소설가라는 사람, 제가 좀 따라다녀볼까요?"

"괜찮겠어요?"

"그럼요. 당분간 회사는 쉬기로 했으니까 시간 많습니다. 우리 선미를 위해서라도 소하윤 씨를 찾아낼 겁니다."

"그리고 노트북 복구되면 저한테도 보내주세요."

"네, 당연하죠. 그런데, 노트북을 경찰에게 넘기면 일이 더 빨리 진행될까요?"

"아뇨, 경찰은 실종 사건에 별로 관심 없어요. 아시잖아요. 가능하면 우리가 진행하는 게 훨씬 빨라요."

"네, 알겠어요. 빨리 알아볼게요."

"선미 씨 일은 안됐어요. 힘내고, 밥도 잘 챙겨드세요."

"아까 했던 말 전부 진심입니다. 회장님이랑 회원님들 덕분에 잘 견딜 수 있었어요. 이제부터는 여분의 삶이라고 생각하고, 소하윤 씨 찾는 일에 집중해보려고요."

"좋아요. 저도 새로운 정보 있으면 공유할게요."

이윤기와 배수연은 악수를 하고 사무실 문을 나섰다. 배수연은 문을 잠그고 입구에 있는 상황판을 '외출중'으로 바꾸어 놓았다. 문에는 'M&F'라는 이름이 커다랗게 인쇄돼 있었다. 그 아래에는 '배수연 국가 공인 탐정 사무소'라는 문구도 적혀 있었다.

2-2

강치우는 자신의 작업실 겸 사무실에 조이수의 방을 마련

딜리터

했다. 강치우는 자신의 집보다 사무실에 더 큰 공을 들였다. 시내 한복판에 삼층짜리 건물을 사서 일층은 카페에 세를 주고, 이층은 책을 읽을 수 있는 공간, 삼층은 집필실로 꾸몄다. 이층은 책으로만 가득 채웠다. 도서관처럼 책을 분류해서 꽂아두었고, 책장과 책장 사이를 미로처럼 만들었다. 강치우는 가끔 책장 사이에 쪼그리고 앉아 책을 읽다가 잠이 들기도 했다. 그 안에만 들어서면 마음이 편안했다. 삼층에는 주방과 작은 침실을 비밀 공간처럼 만들어서, 잠깐 잠을 자거나 게임을 하거나 밥을 먹을 수 있게 해두었다. 비밀방은 삼층 거실의 책장 뒤에 비밀 문으로 연결돼 있지만 바깥 계단으로 나갈 수도 있는 독립적인 공간이었다. 삼층의 책장에는 책 대신 그동안 수집한 각종 문구를 보기 좋게 전시해두었다. 커다란 타자기 모양의 조각품을 누르면 비밀방의 문이 열리도록 해두었다. 누군가 들이닥쳤을 때 숨기에 딱 좋은 공간이었다. 조이수가 살기에 적당한 공간이었고, 조이수도 공간을 옮기는 데 별다른 이의를 제기하지 않았다. 짐을 옮길 것도 없었다. 옷가지 몇 벌과 가방 한 개, 의자 두 개, 그릇 몇 개와 비누, 향수, 수건 몇 장이 살림의 전부였다.

"창문이 너무 작죠?"

짐을 내려놓는 조이수에게 강치우가 물었다.

"적당해요. 예전에는 너무 컸죠. 이 정도만 보여도 다 볼 수 있어요."

조이수는 창문에 얼굴을 가까이 댔다. 거리의 불빛이 조이수의 눈 아래쪽에 닿으면서 꿈틀거렸다.

"여길 마음에 들어해서 좋네요. 전 조이수 씨가 거절할 줄 알았거든요. 제가 거길 왜 가요? 지금 살고 있는 곳이 좋은데요? 이러면서."

"장소는 별로 중요하지 않아요. 어딜 가나 현실성이 없는 건 마찬가지니까."

"궁금한 거 물어봐도 될까요?"

"갑자기 예의를 갖추시네요. 어울리지 않게."

"왜 저의 제안을 받아들였는지 궁금해요. 돈이 필요한 것 같지도 않고, 저한테 특별히 원하는 게 있는 것 같지도 않아서요."

"돈이 필요해요. 삼백억쯤 필요해요. 더 있어도 좋고요. 커다란 집이 필요하고, 마당에는 예쁜 개가 뛰어놀고 있으면 좋겠네요. 아니에요, 거짓말이에요."

"그건 거짓말이 아닐 수도 있겠네요."

"회사가 가까워요. 그리고, 원하는 게 있어요."

"뭔데요?"

"제 한계를 알고 싶어요."

"저를 통해서 알 수 있다는 얘기네요? 조이수 씨의 한계를?"

"저는 레이어가 보여요. 볼 수 있어요. 그런데, 그게 전부가 아닐지도 모른다는 얘기도 들었어요. 예전의 픽토르들은 투명한 레이어를 만들 수도 있고, 몇 개의 레이어를 통합할 수도 있고, 한 개의 레이어를 두 개로 쪼갤 수도 있었대요. 읽기 전용이 아니라 쓰기와 편집하기도 가능한 거죠."

"딜리터에게도 문서가 있습니다. 거기에는 딜리터가 픽토르의 도움을 받는다면 어마어마한 능력을 발휘할 수 있다고 적혀 있었어요. 제가 조이수 씨를 만나고 싶었던 이유가 그거예요."

"저도 처음에 들었을 때는 포토샵 전문가 매뉴얼인 줄 알았어요. 상상하기 힘들어요. 딜리터와 함께 있다면 가능성을 확인해볼 수 있겠죠. 그러니까 저도 강치우 씨가 필요한 셈이에요. 딜리터와 픽토르는 투수와 포수 같은 관계예요. 딜리터가 지우면 픽토르는 보고, 딜리터가 던지면 픽토르는 받고. 둘이 함께 뭘 할 수 있는지는 모르겠지만요."

"지금까지 다른 딜리터는 만나본 적이 없어요?"

"있죠. ⋯⋯있어요."

"그렇게 얘기하는 걸 보니 좋은 기억은 아니었나보군요. 저보다 더 최악인 딜리터가 있다니 위로가 되네요."

강치우는 눈썹을 손으로 긁적거리면서 농담을 했지만, 조이수는 웃지 않았다. 조이수는 나쁜 기억을 머리에서 끄집어내는 중이었다.

"DM이라고 들어봤어요?"

"다이렉트 메시지를 얘기하는 건 아니죠? 저는 메시지라는 단어가 들어가는 건 전부 싫어하거든요. 심지어 제 소설에도 메시지를 넣지 않는답니다."

강치우는 눈치를 살피며 이야기했지만, 조이수는 창밖의 어느 한 지점에 시선을 고정하고 계속 말을 이어갔다.

"더스트맨이라고 불러요. 청소부, 흔적을 없애주는 사람, 조직폭력배나 살인청부업자들의 뒷정리를 해주는 사람. 딜리팅이라는 신비한 힘을 그렇게 쓰고 있는 게 너무 안타깝죠. 돈이야 많이 벌겠지만."

"그렇게 돈을 버는 방법도 있었네요. 진작 알았으면 저도 그쪽으로 가보는 건데. 너무 늦었겠죠? 그 시장은 이미 더스트맨인지, 더스트백인지 그 자식이 다 차지해버린 거겠죠?"

"진심이에요?"

"그럴 리가요. 저도 조이수 씨 닮아서 자꾸 거짓말을 하네요.”

“저는 거짓말이고, 그쪽은 농담이잖아요. 달라요.”

“비슷한 거죠. 둘 다 가짜 스토리텔링으로 현실을 속이는 거잖아요. 조이수 씨는 새로운 이야기가 자꾸 보이니까 그걸 무의식중에 내뱉는 거고, 저는 현실이 지겨워서 자꾸만 농담으로 그걸 덮어버리고 싶은 거죠. 다르지 않아요.”

“재수없단 얘기 많이 듣죠?”

“종종 듣죠.”

“더스트맨이 저한테 경고했어요.”

“뭐라고요?”

“조이수! 여분 레이어가 보이는 게 축복인 줄 알아? 그건 저주야. 아무도 못 보는데, 혼자 그걸 볼 수 있다는 게 어떤 뜻이겠어? 그건 아무도 널 믿지 않는다는 뜻이지. 너는 아마 미쳐가게 될 거야. 너 혼자 볼 수 있는 세계에 갇힌 채 점점 시들어가겠지. 아니에요, 거짓말이에요. 나한테 아무 말도 안 했어요. 그냥 꺼지라고 했어요.”

“이야기로 롤러코스터를 경험하게 하는 재주가 있네요. 더스트맨 입장에서는 조이수 씨를 싫어할 수밖에 없죠. 자기가 지운 흔적을 볼 수 있으니까.”

“그렇겠죠.”

"위협 같은 건 없었어요? 그 사람 입장에서는 조이수 씨의 존재가 신경 쓰일 텐데."

"제가 여분 레이어에서 살인의 증거를 가져올 수 있다면 그랬겠죠. 제가 볼 수 있는 장면을 다른 사람에게도 보여줄 수 있다면, 위협이 될 수 있겠죠. 제가 여분 레이어를 볼 수 있단 걸 얘기하진 않았어요. 그냥 잠깐 만나봤는데 그렇게 우호적이진 않더라고요. 픽토르를 원하는 것 같지도 않고요."

조이수는 어둠이 내린 창밖을 물끄러미 바라보다가 뭔가 생각났다는 듯 손목시계를 보았다. 시계를 보고는 커다란 눈이 더욱 커졌다.

"가야겠네요."

"어딜 가요?"

"일하러 가죠."

"무슨 일 하는데요?"

"도시관제센터에서 일해요. 사람들이 싫어하는 야간 근무조."

"잠도 못 잔 사람이 밤새 시시티브이를 들여다보는 일을 한다고요?"

"잠을 못 자니까 할 수 있는 일이죠."

조이수는 대수롭지 않다는 듯 옷장에 들어 있는 검은색 트렌치코트를 꺼내 입었다. 소매를 몇 번 접어서 말아 올리고는 가방을 집어 들었다. 간단하게 출근 준비가 끝났다.

"몇 시부터 몇시까지 근무하는데요?"

"밤 아홉시부터 아침 일곱시까지."

"열 시간이나 근무한다고요?"

"대신 돈을 많이 받아요."

"외부 통로로 들어오는 게 편하겠죠? 이게 비밀번호예요. 그 아래에 있는 건 제 전화번호고요. 문제가 있으면 아무때나 연락하고요. 저는 오전 열시쯤에 출근합니다."

강치우는 비밀번호를 적은 쪽지를 건넸다. 조이수는 쪽지를 한참 들여다보다가 다시 돌려주었다.

"이것도 딜리팅해주세요."

"이걸 왜요?"

"개인 정보잖아요. 저만 볼 수 있는 레이어에 두는 게 안전하죠."

"하긴 그렇겠네요."

강치우는 쪽지를 손에 쥐고는 눈을 감았다. 작게 무언가 중얼거리고 나서 손바닥을 폈더니, 그 안에 있던 쪽지가 사라졌다.

"딜리팅할 때도 눈을 감으시는구나. 우리 둘이 비슷하네요.

강치우 씨는 눈을 감은 채로 지우고, 저는 눈을 감으면 지워진 게 보이고."

"비슷한 건가요? 완전히 다른 거 아닌가?"

"뭔가 중얼거리던데…… 주문 같은 거예요?"

"영업 비밀입니다."

조이수는 강치우가 못마땅하다는 듯 입을 씰룩거리더니 눈을 감았다. 눈꺼풀 아래 눈동자가 사방으로 움직이는 게 보였다. 감은 눈의 움직임으로 다른 레이어를 보고 있다는 사실을 알 수 있었다. 강치우는 눈동자의 움직임을 관찰했다. 거기에서 어떤 패턴을 발견하겠다는 듯, 숨겨진 암호라도 발견하려는 듯 눈을 떼지 않고 들여다보았다.

"지금 제 눈 보고 있어요?"

눈을 감은 채 조이수가 말했다.

"눈 감고도 제가 보여요? 여분 레이어를 보면서도 현실 레이어의 제가 보이는 거네요?"

강치우가 놀라며 물었다.

"아뇨, 강치우 씨 입김이 너무 세서 집중을 못하겠어요. 좀 떨어져주실래요?"

"미안해요."

강치우가 시무룩하게 뒤로 물러났다. 조이수는 얼마 지나지 않아 확인이 끝났다는 표정으로 눈을 떴다. 강치우는 조이수의 말을 기다렸지만 더이상의 대화는 없었다. 조이수는 가방을 들고 일어났다.

조이수가 비밀방의 문을 열고 나간 후에 강치우는 집필실로 돌아와서 '도시관제센터'를 검색해보았다. 수많은 시시티브이 영상을 바라보고 있는 직원들의 사진이 검색 결과로 나왔다. 시시티브이 화면을 통해 사고를 방지하고 범죄를 예방하는 기관이었다. 강치우는 화면을 바라보고 있을 조이수의 모습을 떠올렸다. 잘 어울리는 그림이었다. 아마 다른 직원보다 효율이 높을 게 분명했고, 졸음과 싸우는 직원들과 달리 밤새 쌩쌩한 눈빛으로 화면을 지켜볼 것이다.

강치우는 창가에 있는 버드 네스트에게 물을 주었다. 꼬박꼬박 물을 주고 햇빛이 잘 드는 곳으로 계속 옮겨주고 있는데, 날이 갈수록 이파리가 시들어갔다. 이유를 알 수 없었다.

반대편의 이파리들에게 해를 보여주기 위해 화분을 돌리려는데, 양자인에게 전화가 걸려왔다.

"강 작가, 어디야? 설마 오늘 약속 잊어버린 거 아니지?"

양자인이 딱딱한 막대기 같은 목소리로 강치우를 찔렀다.

"지금 막 최고 걸작을 쓰고 있는 중이었는데 전화벨 소리 때문에 전부 다 날아가버렸네요."

강치우가 막대기 공격을 피하면서 반격했다.

"그런 농담 할 시간에 달려오면 많이 늦지는 않겠네."

"작가를 못 믿으시네. 진짜 걸작이었다니까요."

"걸작이었다는 걸 못 믿는 게 아니라 날아가버렸다는 걸 못 믿는 거야. 강 작가가 그런 걸 놓칠 리가 없지. 어디야? 다 왔어?"

"지금 작업실입니다. 곧 갈게요."

"아직 출발 안 했다고?"

"중요한 일이 있었어요. 택시 타고 바로 갈게요."

"걸작을 잘 붙들어서 급속 냉동해 오면 값을 잘 쳐줄게."

"빨리 오라는 거예요, 말라는 거예요?"

"빨리 택시 타고 오면서 걸작도 붙들란 얘기지. 끊을게요."

강치우는 핸드폰으로 택시를 호출했다. 책상 위에는 양자인이 보내준 자료가 널브러져 있었다. 쉽지 않은 작업이 될 것이라는 예감 때문에 약속을 피하고 싶은 마음이었다.

강치우는 사람들의 이야기를 듣고 그걸 구입해서 소설로 썼다. 모든 사람들의 이야기에는 반드시 건질 만한 구석이 있다는 게 강치우의 신념이었다. 아무리 재미없는 삶을 살았더라도, 그 어떤 일도 일어나지 않은 듯한 평범한 삶을 살았더라도, 그 속에는 반드시 놀라운 이야기가 숨어 있다고 믿었다.

강치우는 이야기 속에서 쓸 만한 걸 건져내는 낚시꾼 같은 역할을 했다. 혹은 거대하고 장황한 이야기에서 핵심적인 이야기를 걸러내는 체 역할이나, 평범한 재료로 사람들이 깜짝 놀랄 만한 음식을 만들어내는 요리사 역할을 했다.

모든 사람들의 이야기를 구입하지는 않으며, 구입했다가도 쓰지 못하고 버리는 이야기도 많다. 모든 사람들의 이야기에는 반드시 건질 만한 구석이 있게 마련이지만, 애써 건졌다가 별 볼 일 없어서 버리는 경우도 있는 법이다. 강치우는 함동수의 일이 무척 재미없는 일이 될 것이라는 예감이 들었다. 양자인 대표에게는 돈 때문에 일하는 사람이 아니라고 큰소리를 뻥뻥 쳤지만, 강치우는 돈을 좋아했다. 돈이 아니라면 일을 맡을 이유가 없었다.

택시가 도착했다는 메시지를 받고 건물 밖으로 나간 강치우는 길 건너편에서 자신을 감시하고 있는 듯한 사람을 보았다. 남자는 티 나게 강치우의 움직임을 지켜보고 있었다. 아마 추어인 게 분명했다. 강치우는 슬쩍 본 남자의 인상착의를 머릿속에 저장한 다음 핸드폰에다 스케치했다. 다 그리고 나니 꽤 비슷했다. 몽타주로 작성해서 현상 공모 포스터로 만들 수준은 아니었지만 다음번에 다시 만났을 때 기억할 수 있는 용도로는 합격점이었다.

2-3

"두 분을 소개하게 돼서 영광입니다. 이쪽은 함동수 씨고요, 이쪽은 최고의 소설가 강치우 씨입니다."

테니스 심판처럼 양쪽에 앉은 두 사람을 번갈아 보던 양자인이 입을 열었다. 함동수는 한숨을 쉬듯 담배 연기를 강치우에게 날려보냈다. 강치우는 눈을 찌푸렸다. 함동수는 강치우보다 네 살 어렸지만 정장 차림에 머리를 반듯하게 빗어 넘기고 콧수염까지 기르고 있어서 나이를 가늠하기 어려웠다. 어릴 때부터 나이가 들어 보이는 게 꿈이었던 함동수는 스무 살이 되자마자 콧수염을 길렀고, 십수 년은 지나야 어울릴 법한 옷들만 골라 입었다.

"최고의 소설가라는 건 어떤 거예요? 뭐, 그런 자격증 같은 게 있는 건가? 명예 훈장처럼?"

함동수는 강치우가 보이지 않는다는 듯 양자인을 향해 말했다. 양자인은 강치우의 눈치를 살폈다.

"우리 강 작가님은 글도 잘 쓰지만 인간의 심리를 잘 파악하죠. 얘기를 해보면 놀랄 거예요. 뭐랄까, 이야기의 블랙홀 속으로 빠지는 느낌이랄까, 아니면 내 마음 깊은 곳을 어루만져주는 느낌이랄까, 위로받는……"

딜리터

"나는 누가 내 마음 깊은 곳에 오는 거 별로던데."

함동수가 양자인의 말을 끊으면서 비웃었다.

"에이, 그거는 함동수 대표님이 몰라서 하는 말씀이시다. 처음에는 마음을 열기 싫어도 한번 열어두면 그 느낌을 못 잊어요. 그런 거 있잖아요. 환기 안 시키고 몇 년 동안 방치했던 방에다 맞바람을 쏴아아아…… 불게 하면 엄청 시원하잖아요."

양자인이 함동수의 소매 끝을 툭툭 건드리면서 다정하게 말했다. 양자인은 두 사람 사이에 끼어 있는 먹구름을 어떻게든 걷어내고 싶어서 이런저런 얘기를 던졌지만 날씨는 쉽게 좋아지지 않았다. 악천후에 가장 큰 영향을 미치고 있는 요소는 강치우였다. 강치우가 약속 시간에 삼십 분 늦었고, 함동수는 자신을 무시하는 행동이라면서 집에 가려고 했고, 양자인은 함동수를 말렸고, 강치우는 서점 이층의 회의실에 들어서면서 별다른 사과도 하지 않았다.

"양 대표도 알겠지만, 내가 제일로 싫어하는 사람이 시간 약속 못 지키는 놈들이잖아. 하나만 보면 열을 안다 그러잖아."

함동수는 대놓고 양자인의 얼굴만 보면서 말했다. 양자인은 강치우의 허벅지를 손가락으로 툭 건드렸다. 강치우는 잠시 눈을 감고 생각에 잠기는 듯하더니 입을 열었다.

"늦은 건 진심으로 사과드립니다."

강치우가 이를 악물고 말했다.

"다른 건 사과를 안 하겠다는 말투네."

함동수가 이죽거리면서 대꾸했다.

"사과할 게 또 있나요?"

"태도. 늦었으면서 자기가 뭘 잘못한 건지 모르겠다는 그 눈빛. 그런 거."

"알겠습니다. 그런 태도도 사과드리죠."

"사과했으니 오케이. 내가 또 인자한 편이라서 뒤끝이 없거든. 양 대표는 옆에서 같이 듣는 건 아니지?"

"그럼요. 두 분이서 얘기하는 데 불편함이 없도록 하는 게 제 임무죠. 이제 일층 서점은 문을 닫을 거고요, 혹시 배가 고프실지도 모르니 저쪽 테이블에 샌드위치와 간단한 간식 갖다 두었고요, 위스키는 좋아하시는 걸로 준비했고, 얼음은 냉장고에 종류별로……"

"아, 됐어요. 어린애도 아니고. 우리 영감 때문에 진짜 미치겠다니까."

"회장님이 아들을 끔찍하게 좋아해서 그러시는 거니까 이해하셔야죠."

"먼저 가봐요. 나는 여기 이 최고의 소설가님이랑 얘기를 나눌 테니까."

"그럼 저는 먼저 물러가볼게요. 강 작가님, 함 대표님, 두 분이서 창조해내는 멋진 이야기 기대할게요."

양자인은 문을 나가면서 강치우의 눈치를 살폈다. 강치우를 오랫동안 지켜봐온 양자인은 눈빛과 입술의 모양만으로 그의 현재 상태를 곧바로 알 수 있었다. 강치우는 지금 안전핀을 뽑아놓은 폭탄 같은 상태다. 언제 터질지 알 수 없다. 피하는 게 상책이다. 양자인은 일층으로 내려와서 문자를 보냈다.

― 먼저 떠나서 미안. 참는 자에게 복이 있나니, 최후의 돈다발은 오직 당신 것이라.

강치우는 양자인의 문자를 읽고 곧바로 답장을 보내고 싶었지만 얘기가 길어질 것 같았다. 지금의 바보 같은 상황을 표현하자면 일만 단어로도 부족했다.

"저는 이야기를 건져 올리는 사람입니다. 함 대표님이 이런저런 이야기를 솔직하게 해주시면, 저는 그중에서 펄떡펄떡 날뛰는 것들을 골라서 약간의 양념을 뿌리는 역할을 할 뿐입니다. 요리로 비유하자면 그렇습니다."

"아까 양 대표는 최고의 소설가라고 칭찬하더니 별게 아니네? 그냥 남이 해주는 이야기 듣고 쓸 만한 걸 골라서 버무리면 된다는 거잖아. 그걸 누가 못해?"

"그렇죠. 누구나 할 수 있죠. 헤밍웨이가 그런 말을 했습니다. 소설가에게 거액을 지불하는 이유는 딱 하나야. 그런 고된 짓을 해낼 수 있는 사람이 많지 않기 때문이야."

"동의 못하겠는데? 그건 고된 일이 아니지. 책상 앞에 앉아서 컴퓨터 자판을 두드리는 게 뭐가 그렇게 고되다는 거야?"

"음…… 솔직하게 말씀드려도 될까요? 앞으로 이야기를 길게 나눌 사이니까 솔직한 게 좋겠죠?"

"솔직한 거 좋아하지. 너무 사랑하지."

"이야기 시작하기도 전에 이렇게 쓸데없는 설명을 길게 해야 한다는 것 자체가 고된 일입니다."

"뭐? 나하고 말하는 게 고된 일이라고?"

"그럼요. 함 대표님뿐 아니라 사람들의 이야기를 듣는 일은 생각보다 엄청난 에너지가 필요합니다. 상대가 하는 이야기의 핵심을 파악하는 능력이 필요하고요, 중간중간 곁들이는 몸동작의 진짜 의미를 이해해야 하고요, 혹시 거짓말을 하고 있지는 않은지 나름의 '팩트 체크'를 동시에 진행하면서 더 깊은 이야기를 끌어낼 수 있는 리액션도 곁들여야 합니다. 녹음을 하지만 목소리로만 알 수 없는 동작들이 있으니까 현장에서 듣는 일이 중요합니다. 녹음 파일을 다시 듣는 일도 힘듭니다. 한번 들었던 이야기를 고스란히 다시 들어야 하니까요. 고된 일이지 않나요?"

"듣고 보니 그렇기도 하네."

"자, 워밍업은 끝난 거 같으니까 시작해볼까요?"

"그전에 하나만 물어보자."

"물어보시죠."

"영감이 가보라고 해서 오기는 했는데, 정확히 뭘 하는 거야? 내 얘기를 그냥 들려주면 된다고 하는데, 무슨 이야기를 얼마나 원하는 거야?"

"혹시 전기 같은 거 읽어보셨나요?"

"어릴 때 『에디슨 전기』나 『링컨 전기』는 읽었지."

"그런 거랑 비슷하다고 생각하시면 됩니다. 청년 기업인 함동수의 일대기를 얘기해주시면 됩니다."

"글쎄, 어떤 이야기를 해야 하나? 청년 기업인으로는 별로 한 일이 없고. 자서전 쓸 만큼 오래 살지도 않았는데. 기업인 말고 인간 함동수의 삶은 좀 다이내믹했지만."

"어떤 면에서 다이내믹한가요?"

"혹시 영감이 내 사생활 캐라고 시킨 거 아냐?"

"최종 완성본은 함 대표님이 직접 완성합니다. 함 대표님이 오케이 하지 않은 내용은 모두 폐기됩니다. 그 점은 걱정 마세요."

"오, 그건 좋네. 내 위주로 해준다는 거네?"

"그럼요. 최근에 가장 다이내믹한 사건은 어떤 게 있었나요?"

"그러면 이거 불법적인 일도 얘기해도 되나? 거 뭐냐, 성당 신부님한테 하는 거 뭐라고 하지?"

"고해성사요."

"그래, 고해성사처럼 모든 비밀이 완벽하게 지켜지고 그러는 건가?"

"비밀을 지키지 못했다면 지금까지 이 일을 할 수 없었겠죠."

함동수는 입술을 꽉 깨물더니 고민을 시작했다. 지금 앞에 앉은 이 남자를 믿어도 좋을지, 어디까지 비밀을 드러내는 게 좋을지 수위를 가늠하고 있었다.

"혹시 마약 해보셨나?"

함동수가 강력한 소재로 이야기의 농도를 조절해보겠다는 듯 조심스럽게 말을 꺼냈다.

"그럼요, 매일 하죠."

"매일?"

"글쓰기가 마약하고 비슷하거든요. 그런 거 안 들어보셨어요? 글쓰기와 마약의 비슷한 점 세 가지."

"뭔데?"

"첫째, 한 번도 안 한 사람은 있어도 한 번만 경험한 사람은 없다. 둘째, 한번 중독되면 현실을 잊어버리고 가상 세계에 빠져 산다. 셋째……"

"내가 맞혀도 돼?"

"도전해보세요."

"힌트."

"약간의 난센스?"

"아, 그래? 난센스에 약한데."

"신체 부위와 상관있어요."

"신체 부위라…… 어떤 마약이냐에 따라 신체 부위가 달라지는데. 빨아들이느냐, 주사기로 밀어넣느냐, 태우느냐."

"너무 전문적으로 접근하시네요. 힌트 더 드릴게요. 주사기."

"주사기하고 글쓰기하고 상관이 있어? 잉크를 주사기에 채워서 그걸로 글을 쓰기도 하나? 아니지? 그러면…… 글쓰기가 힘들면 링거를 맞아야 할 때도 있다?"

"거의 근접했어요."

"됐어. 답 얘기해줘."

"손목과 팔목이 거덜난다."

"손목이 왜?"

"글쓰기를 계속하다보면 손목에 무리가 가는 거고, 마약을 위해서 주삿바늘을 많이 꽂다보면……"

"됐어, 무슨 말인지 알겠으니까 설명 안 해줘도 돼. 아주 재치 있는 문제는 아니네."

"제가 문제를 낸 게 아니에요. 함 대표님이 문제로 만드신 거지."

함동수는 기분이 상한 표정을 지으면서 위스키를 잔에다 따랐다. 술을 따르는 모습만 잠깐 봐도 알코올중독인 걸 알 수 있을 정도였다. 투명한 잔에 술이 차오르는 모습을 보는 눈빛이 사랑에 빠진 사람과 비슷했다.

"아, 그러면 강 작가도 마약을 해봤다는 거네? 해봤으니까 글쓰기랑 비슷한 걸 알 수 있잖아."

"해보지 않아도 아는 게 있죠."

"왜 그래, 재미없게. 이래가지고야 다이내믹한 이야기를 들을 수 있겠어?"

"해봤다고 하죠. 아니, 해봤습니다. 중독자예요. 그래서 늘 긴팔 옷만 입고 다니죠."

"오, 좋았어. 이제 말이 통하네."

함동수는 유리잔에 있는 위스키를 한 번에 반이나 마셨다. 위스키가 목구멍을 타고 넘어가는 소리가 넓은 방에 또렷하게 울려 퍼졌다. 위스키와 휘발유의 색깔이 비슷한 것은, 함동수에게는 우연이 아니었다. 위스키가 몸속 곳곳으로 퍼져

나가자 함동수가 이야기의 시동을 걸기 시작했다.

"내가 열 살 때였을 거야. 영감이 나를 동물원에 데리고 갔어. 거기에서 새끼 캥거루 한 마리를 봤는데 동물원 직원이 옷에다 주머니를 만들어서 데리고 다니더라고. 그 모습이 너무 이상했어. 대체 어미 캥거루는 어디 간 거야? 왜 저 캥거루는 사람이 키우는 거야? 영감한테 물어봤는데, 영감도 알 리가 없지. 그런데 새끼 캥거루가 발길질을 시작하는 거야. 주머니를 메고 있던 직원도 감당을 못할 정도야. 그러다가 직원이 새끼 캥거루를 놓쳤고, 캥거루가 갑자기 나한테 오는데, 와, 진짜 겁났어. 캥거루 본 적 없지? 진짜 이상하게 생겼어. 얼굴은 귀여운데, 허벅지는 완전 끝장나게 튼튼하고, 또 팔은 희한하게 가늘고 짧아. 나는 외계인이 있다면 캥거루처럼 생겼을 거라고 생각해. 캥거루가 뚜벅뚜벅 걸어오는데, 영감이 뒤에서 나를 확 끌어안아줬지. 직원이 뛰어와서 새끼 캥거루를 데리고 갔는데 난 그때가 내 인생 가장 다이내믹한 순간이었어. 그후로는 동물원에 간 적이 없지. 영감도 이혼하고 결혼하느라 바빴고, 나도 사춘기 시작이고, 새엄마라는 사람도 영 이상하고, 어린 시절이 그때로 쫑이었어."

"다이내믹하네요."

강치우의 리액션은 진심이었다. 사람들이 기억 속 깊숙한 곳에서 끄집어내는 이야기는 언제나 신선했다. 오직 한 사람만이 겪은 일이고, 오직 한 사람만 경험한 감정이고, 오직 한 사람만 이야기할 수 있다.

"얘기하다보니까 재미있네. 캥거루 모습이 아직도 생각나. 눈이 마주쳤거든."

"어미의 주머니에서 한번 떨어진 새끼는 돌아갈 수 없어요."

"뭐?"

"캥거루의 습성이 그래요. 주머니에서 떨어지면 어미는 더 이상 돌봐주지 않아요."

"진짜? 강 작가가 어떻게 알아?"

"다큐멘터리에서 봤어요."

"아, 진짜? 나하고 닮은 놈이었네."

함동수는 남아 있던 위스키를 한꺼번에 다 들이켰다. 캥거루를 생각하고 있었다. 멀리서 보면 쥐 같은 모습이지만 가까이서 보면 거대한 공룡이 서 있는 것 같기도 한, 캥거루를 생각하고 있었다. 두 번째 잔을 따르고 함동수는 겉옷을 벗어서 소파에 걸었다. 서점 근처의 주택가에는 밤을 맞이하는 불빛이 반짝이고 있었다.

"우리집이 부자구나, 돈이 많구나를 처음 깨달은 나이가 언제였어요?"

강치우가 테이블 위에 있던 노트북을 열면서 말했다.

"처음이라……"

함동수는 강치우 쪽으로 몸을 기울이며 이야기를 시작했다.

2 - 4

배 회장님, 저 이윤기입니다. 전화 연결이 안 돼서 메시지 남겨둡니다. 일주일 동안 강치우 작가를 따라다녀봤는데요, 확실히 뭔가 이상한 부분이 많습니다. 며칠 전에는 자인 서점 이층 사무실에서 밤을 새웠는데요, 제가 창문으로 지켜본 바에 의하면, 뭔가 구린 계획을 세우고 있는 게 분명합니다. 상대는 정장 차림의 남자고, 뭔가 거물의 냄새가 났어요. 돈 냄새가 났어요. 제가 강치우 작업실 건너편에 있는 피시방에서 계속 죽을 치고 있다가 기가 막힌 걸 하나 찾아냈지 뭡니까? 강치우가 작업실에서 어떤 여자랑 동거를 하고 있는데요, 그 여자가 일하는 곳을 알아냈습니다. 도시관제센터 야간조인데, 어쩌면 소하윤의 실종과 상관이 있지 않을까 싶어요. 제 추측입니다만, 둘이서 공모해서 일을 벌인 것이 아닐까 하는 직감이 파바박 들더라고요. 제가 이번에 장비를 좀 업그레이드했습니다. 멀리 있는 곳 대화를 엿들을 수 있는 망원경을 구입했으니까 조만간에 뭔가 얻어낼 수 있을 겁니다.

한 가지 분명한 사실을 알아냈습니다. 강치우라는 작자, 글은 거의 안 쓰는 것 같아요. 피시방에서 보이는 창문이 강치우의 삼층 작업실인데요, 책상이 정확하게 보이거든요. 그런데 일주일 동안 책상에 앉아 있는 모습을 본 적이 없습니다. 소설가라는 이름만 달아놓고 뭔가 뒷일을 하고 있지 않나, 그런 추측을 또 한번 제가 해봅니다. 조만간 어떤 방식으로든 성과가 있을 것으로 기대하고요, 노트북 복구는 시간이 조금 더 걸릴 것 같습니다. 또 새로운 소식이 있으면 바로 연락드리겠습니다.

2-5

조이수는 저녁에도 선글라스를 쓰고 있기 때문에 사람들의 시선을 끌 수밖에 없었다. 도시관제센터 근처로 집을 옮긴 것도 그런 이유 때문이었다. 버스나 지하철을 타고 이동할 때면 흘깃거리는 사람이 무척 많았고, 길을 걸어갈 때도 마찬가지였다. 눈에 띌 수밖에 없는 행동을 하면서도 사람들 눈에 띄는 건 싫었다.

조이수에게 선글라스는 일종의 필터였다. 너무 많은 정보가 눈으로 들어오는 것을 막아주었다. 도시관제센터에서 근무를 할 때도 선글라스를 쓰고 있지만, 거기에선 이상한 눈으로 흘겨보는 사람이 없다. 하루종일 화면을 뚫어지게 바라보는 일이어서 보안경을 쓰는 사람이 많았고, 조이수 역시 그중 한 사람처럼 보였다. 별난 사람처럼 보이지 않으면서 숨어 있기에 이만한 데가 없었다.

매일 밤, 도시관제센터에서 수많은 시시티브이 영상을 맞닥뜨릴 때마다 조이수는 편안함을 느꼈다. 수많은 자동차들이 각각의 번호판을 달고 화면 위를 달리고 있었다. 거기에는 사람과 자동차와 정보가 넘쳐났고, 덕분에 숨을 곳이 많았다. 화면을 멍하니 바라보고 있어도 화를 내는 사람이 없다. 오히려 일을 열심히 하는 것처럼 보인다. 불법적인 상황이 펼쳐지거나 교통사고 같은 돌발 상황이 발생하는 걸 놓치지 않아야 하는데, 다른 사람에게는 어려운 업무지만 조이수에게는 무척 쉬운 일이었다.

조이수가 눈에 이상을 느낀 것은 오 년 전이었다. 양쪽 모두 시력이 좋았는데 어느 날 갑자기 눈앞이 흐릿해졌다. 모든 사물이 두 개나 세 개로 보였고, 책을 읽는 일이 힘들어졌다. 안

경점에 들러 시력 측정을 하는 순간 새로운 세상을 보게 됐다. 푸른 초원 위의 집 그림을 보고 있으면 안경사가 기계로 시력을 조절해주는 작업이었는데, 조이수는 시큰거리는 눈을 잠깐 감았다가 은하수를 보았다. 눈을 떴다가 다시 감았는데 여전히 그 속에 우주가 있었다. 까만 어둠 속에서 반짝이는 별들이 무더기로 흘러 다니고 있었다. 조이수는 깜짝 놀라 고개를 뒤로 뺐다. 덩달아 깜짝 놀란 안경사가 다시 한번 위치를 교정해주었다. 조이수가 다시 눈을 감았을 때는 완전히 새까만 어둠 속에서 무언가 꿈틀거리는 게 보였다. '눈을 뜨고 계셔야 됩니다'라는 안경사의 말이 들렸지만 눈을 뜰 수가 없었다. 암흑 속에서 어떤 물질이 심장처럼 펄떡이고 있었다. 암흑으로 만든 물질이 암흑 속에 뒤엉켜 있다는 느낌만 있을 뿐, 형체는 보이지 않았다. 눈을 떴다가 다시 감기가 두려웠다.

그날 이후로 눈을 감을 때마다 새로운 형체들이 보였다. 규칙을 찾기 힘들었다. 은하수가 보이는 날이 있는가 하면 거대한 빌딩이 보이는 때도 있고, 자동차가 하나도 없는 도로, 널찍한 논과 밭, 까마득하게 높은 산 등이 아무런 규칙 없이 무작위로 눈앞에 펼쳐졌다. 눈을 잠깐 깜빡일 때는 괜찮았지만 십 초 이상 감고 있으면 여지없이 새로운 형체가 눈앞에 드러났다. 누구에게 설명할 수도 없었고, 설명한다 해도 보여줄 수 없었다.

조이수가 자신의 눈앞에 펼쳐지는 세계를 온전히 이해하게 된 것은 그로부터 일 년이 지나서였다. 일 년 동안 많은 변화가 생겼다. 다니던 회사를 그만두었고 몸무게가 십 킬로그램 줄었다. 눈을 감을 때마다 보이는 풍경을 이해하기 위해 온갖 책과 인터넷을 뒤졌다. 그중에서 픽토르에 대한 설명을 보는 순간 자신의 일 년을 통째로 이해받는 듯한 느낌이 들었다. 현상을 이해하게 되자 눈앞에 펼쳐지는 풍경을 제어할 수 있게 됐다. 현실과 똑같은 형태로 시선을 움직일 수 있게 됐다. 눈을 뜨면 현실의 세계가 보이고, 눈을 감으면 여분 레이어의 세계가 보인다. 두 개의 세상을 이물감 없이 넘나드는 데 또 일 년이 걸렸다.

이 년 전 조이수는 자신의 능력을 확인할 수 있는 기회를 찾아냈다. 현실의 물건을 다른 레이어로 옮길 수 있는 사람이 있다고 들었다. 그런 능력을 지닌 사람을 '딜리터'라고 부른다는 이야기도 들었다. 조이수는 딜리터라는 이름이 의아했다. 현실의 물건을 다른 레이어로 옮기는 것은 지우는 일이 아니었다. 딜리터라는 이름은 여분 레이어를 볼 수 없는 일반적인 사람들에게만 해당되는 것이다. 현실의 레이어만 볼 수 있는 사람들에게는 지워진 것일 테지만 조이수에게는 다른 레이어로 물체가 이동한 것일 뿐이다. 딜리터라고 불리는 사람을 만날 수 있다면 자신의 능력을 확인할 수 있을 거라 기대했다.

조이수는 자료를 찾는 과정에서 몇몇 마술사들과 친해졌고, 그들의 정보 덕분에 딜리터인 더스트맨을 알게 됐다. 어떤 마술사는 딜리터의 존재를 믿었고, 어떤 마술사는 교묘한 사기꾼일 뿐이라고 했다. 하지만 그들 모두 입을 모아 더스트맨을 만나지 않는 게 좋을 것이라고 충고했다. 평판이 좋은 사람은 아니었다. 조이수는 고민하지 않았다.

더스트맨이 동료들과 함께 편의점 외부 탁자 앞에 앉아 맥주를 마시고 있을 때, 조이수가 그에게 다가갔다. 실내에 있을 때보다는 접근하기가 한결 쉬웠다. 더스트맨은 턱이 뾰족했고, 입이 약간 튀어나와 있었으며 눈매가 매서웠다. 얼핏 보면 팝 스타 데이빗 보위를 닮았다고 해도 될 정도로 눈에 띄는 스타일이었다. 멀리 있어도 그의 존재를 온몸으로 느낄 수 있었다. 조이수는 편의점 안에서 더스트맨의 레이어를 살폈다. 평범한 사람보다 레이어에 들어 있는 정보가 몇 배 많았다. 눈을 감았지만 정보들이 너무 많아서 집중하기가 힘들었다. 더스트맨이 그동안 지웠던 것들이 그의 주변에 덕지덕지 달라붙어 있었다. 피 묻은 지갑을 보았고, 칼과 망치 같은 흉기도 보았다. 조이수는 레이어에 집중했다. 눈을 감고 천천히 그 속으로 들어갔다. 바닥에 어지럽게 널브러진 물건들 중에서 신분증 하나가 보였다. 신분증의 이름을 이야기하면 자신의 능력을 곧바로 확인시켜줄 수 있을 것이다. 이름은 잘 보이지 않았다. 누군가 훼손시킨 것처럼 사진도 뭉개져 있었다.

"당신이 지우는 사람이죠?"

조이수가 편의점 밖으로 나가 뜸들이지 않고 물었다.

"뭐?"

갑작스러운 질문 공격에 더스트맨은 조이수를 멀뚱멀뚱 볼 뿐이었다. 조이수가 빠른 말투로 다음 공격을 이어갔다.

"지우는 사람 아니에요? 깡패들이 하는 게 그런 일이잖아요. 그런데 사실은 지우는 게 아니죠. 자신이 지우는 게 어디로 가는지 모르니까 지운다고 생각할 뿐이에요. 그게 다 어디로 가는지 알아요?"

캔맥주를 마시고 있던 모든 사람들이 당황스러운 얼굴로 조이수를 바라보았다. 더스트맨은 당황하지 않았다. 답을 하지도 않았다. 지금 자신의 눈앞에 서 있는 사람이 누구인지 추측하고 있었다. 한밤에 선글라스를 낀 정신 이상자인지, 모든 것을 꿰뚫어 보는 초능력자인지, 그냥 단순히 술에 취한 사람인지 가늠하기 힘들었다. 어떤 사람인지에 따라 반응이 달라질 것이다.

상대가 아무런 답이 없자 조이수는 한 발 뒤로 물러나는 듯한 목소리로 물었다.

"어디로 가는지 모르죠? 궁금해요? 궁금하지 않아요?"

상대의 반응에 따라 어떻게 해야 할지 미리 결정해두었다. 딜리터에게 자신은 둘 중 하나였다. 도움이 되는 사람이거나 비밀을 알고 있는 사람이거나. 도움이 필요한 딜리터라면 손을 잡을 것이고, 자신의 비밀을 알고 있는 사람이라고 생각한다면 조용히 돌려보내지는 않을 것이다.

"내 머릿속에 있는 거 이것도 좀 지워봐요. 응? 당신은 다 지울 수 있지 않아? 여기 이 전두엽에 몹쓸 기억이 잔뜩 있는데 내가 이거 지워주면 상을 줄게. 내 머릿속에 있는 우주가 빠르게 팽창하는데, 그건 그 속에 암흑 물질이 있어서 그래. 지워진 기억이 다 거기 들어 있으니까 그걸 까맣게 지워줄 수 있어?"

조이수는 손에 들고 있던 명함을 더스트맨에게 건넸다. 장난스럽게 만들어두었던 명함이었다. '디자이너 이수조'라는 이름과 함께 진짜 전화번호를 넣었다.

"암흑 속에 있는 암흑 물질을 지울 수 있으면 전화해봐. 안녕."

"*꺼져.*"

더스트맨은 짧게 말했다. 조이수는 곧바로 꺼져주었다. 명함을 어떻게 처리하는지는 확인하지 못했다. 찢어버렸는지, 잘 간직하고 있는지 알 수 없었다. 짧은 만남이었지만 조이수는 더스트맨의 기운을 느낄 수 있었다. 조이수는 사람을 만날 때마다 그 사람 몸에 붙은 레이어를 통해 짧은 역사를 훑어볼 수 있는 능력을 향상시켰다. 그 사람이 어떤 환경에서 살아가고 있는지, 어떤 일을 하고, 어떤 트라우마가 있는지 짐작할 수 있었다. 진짜 전화번호가 적힌 명함을 건넨 것은 일종의 테스트였다. 전화를 걸어온다면 자신의 이야기를 진지하게 들은 것이고, 전화를 걸어오지 않는다면 자신을 미친 사람 취급하는 것이다. 조이수는 두 번째 경우이길 바랐다. 그와 엮이지 않는 게 좋겠다는 확신이 들었다. 이후로 전화가 걸려온 적은 없었다.

조이수는 사후 세계를 본다는 사람도 만난 적이 있다. 명함에는 이렇게 적혀 있었다. '당신이 정말 그리워한다면, 죽음도 당신을 막을 수는 없다.' 자극적이면서도 매력적인 홍보라고 생각했다. 조이수는 손님으로 찾아가서 앉았고, 다짜고짜 이런 말을 들었다.

"누가 죽어서 온 거 아니죠?"

젊은 남자였다. 부동산 사무실 같은 공간이나 핸드폰 판매

매장에 서 있어도 어색하지 않을 것 같은 옷차림의 남자가 앉아 있었다. 죽음 이후의 세계는커녕 오 분 후에 닥칠 미래도 예측하지 못할 사람처럼 보였다. 남자의 앞에는 큼지막한 종이가 놓여 있었는데, 손에 쥔 볼펜으로 아무렇게나 선을 긋고 있었다. 마치 자신의 의지가 아니라 미지의 존재가 선을 그을 수 있도록 손을 빌려준다는 표정이었다.

"맞아요. 누가 죽은 건 아닌데, 어떤 게 보이는지 궁금해서 왔어요."

조이수는 남자의 눈에서 눈을 떼지 않았다. 남자도 그랬고, 뜻하지 않게 눈싸움이 시작됐다.

"기자예요? 아니면 프리랜서 작가? 방송 작가? 방송 출연이나 기사는 관심 없으니까 그냥 가세요."

"그런 거 아니에요. 그런데 왜 말하면서 볼펜으로 낙서해요?"

"낙서하는 거 아니에요. 받아 적는 거예요."

"그냥 아무렇게나 선을 그으면서 낙서하는 거 같은데요?"

"죽은 사람들은 문장으로 말하지 않아요. 솔직히 말해봐요. 뭐 하러 왔어요?"

"어젯밤에 고조할머니가 꿈에 나와서 자신이 억울하게 죽었다고 범인을 찾아달라고 했어요. 아무래도 평생 아무것도

안 하고 밥만 얻어먹은 고조할아버지가 범인일 것 같다면서
요. 남편이 자기를 죽였다는 거죠. 아니에요. 거짓말이에요.
진짜로 죽은 사람들이 보여요?"

"저는 거짓말은 안 해요."

"어떤 식으로 보여요? 막 여기저기 떠다녀요? 컬러로 보여
요, 흑백으로 보여요? 얘기도 나눠요?"

"당신도 뭐가 보여요?"

"왜 그렇게 생각해요?"

"지금 나를 뚫어지게 바라보면서도 아무것도 안 보고 있으
니까. 뭐가 보이는지는 알 수 없지만, 어딜 보고 있는지는 알
수 있어요. 가끔 자기도 사후 세계가 보인다면서 확인하려고
찾아오는 사람들이 있어요. 지금 자기가 보는 게 사후 세계가
맞냐고. 죽은 사람이 자꾸만 눈에 보인다고."

"보편적인 초능력이었네."

"대체로 환각일 경우가 많아요. 우리는 매일 죽어요. 매일
밤에 죽고 매일 아침에 다시 태어나죠. 그러니까 어제의 모든
기억은 사후 세계예요. 어제의 모습을 생생하게 볼 수 있는
모든 사람이 사후 세계를 보는 거죠."

"당신은 진짜 사후 세계를 보는 거고?"

"보고, 이야기도 나누죠. 죽은 사람하고."

"힘든 일이겠네요."

"알아주시니 고맙네요. 죽은 사람들은 모두 응어리가 많아요. 완성하지 못한 욕망과 후회와 반성과 회한이 실타래처럼 얽혀 있어요. 함께 앉아서 그걸 푸는 거예요. 쉬운 일이 아니에요."

"나는 사후 세계는 안 보이고, 다른 게 보여요. 동시에 존재하는 다른 차원이 보여요. 여기에 함께 있지만 서로 볼 수는 없고, 평행선처럼 함께 존재하지만 결코 맞닿을 수 없는 두 세계가 한꺼번에 보여요. 포토샵 같은 이미지 편집 프로그램의 레이어처럼 두 개의 세계가 같은 크기로 포개져 있어요."

"거짓말이에요?"

"아뇨. 거짓말 아니에요."

"뭔지는 모르겠지만 그쪽도 힘들겠네요. 그런 게 자꾸 보이니까."

"그럼 우리 이제 눈싸움 그만할까요?"

"그래요. 정확히 어떤 걸 보는지는 모르겠지만 충고 하나 해드릴게요. 그런 게 계속 보여도 현실에서 발을 떼면 안 돼요. 죽은 사람들의 세계를 계속 보고 있으면 평화로워 보일 때가 있어요. 거긴 모두 과거형으로 이야기하니까, 미래에 대해서는 아무런 고민도 없으니까, 그런 게 좋아 보일 때가 있어요. 그런데 거기에 속으면 안 돼요."

"그런 얘기 들은 적 있어요. 모든 소설은 과거형이다. 안전한 곳이어서 사람들은 거기로 숨는다."

"소설 많이 읽어요?"

"아뇨. 안 좋아해요."

"나도 그래요. 죽은 사람들이 다 소설이니까."

"고마웠어요."

"안녕히 가세요. 보이는 모든 것에 축복이 있기를 바랄게요."

조이수는 '매일 죽고 매일 태어난다'는 남자의 이야기를 가끔 떠올리곤 했다. 남자의 얼굴을 또렷하게 기억하는 것 역시 사후 세계를 보는 것이라 생각하면, 가끔 웃음이 나기도 했다. 남자는 여전히 사후 세계를 보고 있을까, 궁금할 때도 있었다.

조이수는 강치우를 만난 후로 낮에는 소설을 읽었다. 컨디션을 지속시켜주는 약 두 알을 먹고 소설을 읽으면, 백일몽에 빠져들 때가 있었다. 잠을 잘 수는 없지만 소설 속 이야기에 몰입하다가 문득 정신을 차리고 보면 자신이 다른 차원의 세계에 갔다 왔다는 사실을 알게 됐다. 눈을 뜨고 꿈을 꾼 것이다. 눈을 뜨고 잠을 잔 것이다. 잠을 못 자는 것은 똑같지만, 전보다 컨디션이 좋아졌고, 자신의 몸에 소설이 잘 맞는다는 사실을 깨달았다. 조이수는 강치우의 작업실 서재에 있는 책을 한 권씩 읽어나갔다. 약처럼 소설을 읽었다. 그중에는 강치우의 소설도 포함돼 있었다.

2 - 6

양자인은 작품의 마지막 페이지를 덮으며 한숨을 내쉬었다. 소파 건너편에 앉아서 책을 읽고 있던 강치우가 눈치를 보면서 고개를 들었다. 두 사람 사이에서 자주 일어나는 눈치 게임이었다. 작품을 마친 강치우는 양자인의 반응이 두려워서 눈치를 봤고, 작품을 다 읽은 양자인은 어떻게 하면 상처를 주지 않고 작품을 고치게 할 수 있을지 눈치를 봤다.

"별로예요?"

강치우가 조심스럽게 물었다.

"뭐야, 진짜. 어떻게 매번 이렇게 잘 써?"

양자인이 어색함을 일부러 연기하는 배우처럼 말했다.

"1950년대 할리우드 B급 영화의 주인공 같은 연기는 대체 뭐죠? 한숨 소리 다 들었으니까 솔직하게 얘기해요."

"아냐, 진짜야, 강 작가. 너무 좋아서 눈물난다니까."

"알았어요. 엄청 센 이야기 할 건가보네? 이렇게 설탕을 듬뿍 발라서 건네주시는 거 보니까. 단맛은 다 느꼈으니까 이제 얘기해봐요."

"거의 없어. 손볼 데가."

"거의라는 단어 어디선가 많이 들어봤어요. 내가 삼십 분 넘게 늦을 것 같지만 '거의 다 왔다'고 상대방을 안심시키면서 시간을 벌려고 할 때 쓰는 그 단어 맞죠?"

"내 사전 의미하고는 많이 다르네. 나는 오 분 안에 도착할 수 있을 때 거의 다 왔다고 하는데."

"일단 내가 생각하는 문제를 말해볼까요? 첫째, 후반부의 반전은 임팩트가 부족하다. 둘째, 주인공이 하는 마지막 선택에 개연성이 없다. 셋째, 악당이 약하다."

"이제는 내 마음도 읽는구나. 궁금하네. 그렇게 정확하게 아시는 분이 왜 이렇게 쓰셨을까요?"

"소설이란 게 말이죠, 한번 쓰기 시작하면 돌이킬 수 없는 지점이 생기거든요. 거기까지 가면 처음으로 돌아갈 수 없어요. 처음부터 다시 쓰면 되지 않냐는 얘길 할 수도 있겠지만, 불가능해요. 완전히 새로운 이야기를 쓰면 또 몰라도 고치면서 다시 쓰는 건 불가능해요."

"1번하고 2번은 고치기 힘들다고 해도 3번은 조금 고칠 수 있지 않을까? 그럼 완벽해질 것 같아요. 지난번에 나보고 악당 같다며? 나를 떠올리면서 대사를 고쳐봐."

"네, 큰 도움이 되겠네요."

"소설은 천천히 고치면 되는데, 사실 중요한 건 그게 아니잖아? 함동수 씨 원고는 어떻게 돼가고 있어요? 인터뷰는 다 끝났지?"

양자인이 강치우의 소설 원고를 오른쪽으로 밀면서 말했다. 애피타이저를 맛있게 먹고 메인 디시를 기다리기 위해 접시를 치우는 듯한 동작이었다. 강치우는 자신의 소설을 옆으로 밀어낸 게 조금 언짢았지만 내색하지는 않았다. 지금부터 할 이야기가 더 중요하다는 건 잘 알고 있었다. 강치우는 아침부터 내내 기분이 좋지 않았다. 책점의 문장이 좋지 않았다. 왼쪽 페이지에는 "그런 다음 친구들은 자살을 비롯하여 자살의 이점과 단점에 대해 이야기한다"라는 문장이 있었고, 오른쪽 페이지에는 "그는 우주의 무질서를 언급하면서, 그런 혼돈만이 우리를 생각하게 만든다고 말한다"라는 문장이 있었다. 자살, 무질서, 혼돈이라는 단어를 보고 기분이 좋을 리가 없었다. 책점의 정확도는 무척 낮지만 불길한 문장을 만났을 때는 어쩔 수 없이 기분이 가라앉고 만다. 책점에서 만난 섬뜩한 문장들이 그날 있을 나쁜 일을 막아준다는 생각을 하면, 가라앉는 기분도 견딜 만했다. 그래도 자살, 무질서, 혼돈의 콤비네이션은 좀 심했다.

"대표님, 이번 인터뷰 건 심각한 문제가 있는 건 아시죠?"

강치우가 한참 있다가 말을 꺼냈다.

"문제? 무슨 문제가 있을까?"

양자인이 자신은 아는 게 전혀 없다는 듯한 표정으로 대답했다. 표정 연기 역시 할리우드 B급 영화에서 자주 볼 수 있는 종류였다.

"제가 왜 계속 고스트라이팅을 하는 줄 알아요?"

강치우의 얼굴이 점점 굳어가고 있었다.

"글감을 찾으려고?"

양자인은 강치우의 눈치를 보면서 말했다.

"그것도 있지만······ 이야기를 듣는 게 좋아요. 이야기를 들으면서 머릿속으로 편집하는 게 좋아요. '아, 이 이야기로 책을 시작으로 하면 좋겠네' '이건 나중에 좀더 물어봐야겠다' '지금 이 말은 제목으로 뽑으면 좋겠다' 이런 생각을 하면서 이야기를 듣는 게 너무 좋아요."

"내가 알지. 우리 강 작가님이 고스트라이팅이나 하고 있을 애송이가 아닌데, 내가 늘 미안하게 생각해요."

"그 얘기가 아니에요. 일하는 건 기쁘다니까? 내가 제일 잘

하는 일이 사람들 이야기 듣고 그걸 편집해주는 거니까, 또 그걸 글로 써주는 일이니까, 책에 내 이름이 들어가지 않아도 아무런 상관 없어요. 어차피 나는 취미도 없고, 그냥 글 쓰고 있는 게 제일 행복하니까 괜찮아요."

"그럼 뭐가 문제이실까?"

"이번 건, 딜리팅 요청받은 거죠?"

강치우의 한마디에 비밀을 들킨 사람처럼 양자인의 온몸이 딱딱해졌다. 쉽게 말을 잇지 못했다.

"왜…… 그렇게 생각했어?"

"맞는지 아닌지, 먼저 얘기해요."

"말하려고 했어. 미리 얘기하면, 인터뷰도 안 할 거니까 곧바로 얘기하려고 했어. 그래서 오늘 보자고 한 거고. 부탁이야, 마지막으로 딱 한 번만 부탁할게."

"대표님."

"응, 강 작가."

"지금 굉장히 화가 나는데요. 첫 번째로, 저를 속였다는 거에 화가 나고요."

"응, 미안해, 미안하게 됐어."

"두 번째로, 제가 어떤 일을 겪었는지도 다 알고, 어떤 마음인지도 알면서 딜리팅을 부탁한다는 게…… 저로서는 이해가 안 돼요. 저에 대한 배려가 너무 없는 거 아녜요?"

"강 작가, 나도 잘 아는데, 우리가 좀 곤란하게 됐어. 함훈 회장이 딜리팅에 대한 정보를 듣고 우리 뒤를 좀 조사한 것 같아. 거절해도 되는 제안이라고 포장을 해왔지만, 일종의 협박인 거지. 이번 건만 잘 해결되면, 모든 걸 덮기로 했어. 진짜 마지막 한 번만 하고 끝내면 안 될까?"

"대표님, 모든 게 끝나기 전에는 마지막이라고 단언할 수 있는 건 하나도 없어요. 우리가 그 제안을 받아들이면 약점을 잡히는 거고, 또다른 제안을 해올 게 뻔하잖아요. 모르겠어요?"

"아냐, 진짜로 마지막이야. 함훈 회장도 이번 일로 우리한테 약점을 잡히는 거니까 섣부르게 움직일 수는 없어. 나하고 함훈 회장이랑 서로의 약점을 거머쥐고 평생 가는 수밖에 없지. 도와줘, 강 작가."

"함동수 인터뷰를 다 끝냈는데, 이상하더라고요. 뭔가 빠져 있어요. 솔직한 사람이고, 거침없이 모든 이야기를 하는데 이상하게 뭔가 빠져 있어요. 아마 자신도 모르는 일이 벌어지고 있거나, 절대 말할 수 없는 일에 연루된 거겠죠."

"함동수 씨에 대해서는 나도 자세히는 몰라."

"일단 시간을 좀 끌어줘요."

"어떻게 하게?"

"그쪽이 우리를 조사했다면, 우리도 그쪽을 조사해야죠."

"조심해야 해. 함훈이 어떤 사람인지 알잖아."

"잘 알죠. 평소에도 알고 있었지만 아들이 해준 이야기를 듣고 더 잘 알게 됐죠. 제가 연락드릴게요."

강치우는 문을 열고 가려다가 다시 방으로 돌아왔다. 책상 위에 있던 자신의 소설을 챙겼다. 양자인이 강치우에게 뭔가 이야기를 하려고 입을 열었지만 강치우는 전혀 들을 생각이 없었다. 문 닫는 소리가 크게 울렸다.

2-7

생각을 해야 했다. 생각, 생각, 어디서부터 생각을 시작해야 할까. 강치우는 야구 글러브를 손에 끼고 그 안에다 공을 넣었다 뺐다 했다. 어릴 때부터 생각을 해야 할 때 나오는 버릇이었다. 야구공이 글러브 속에 꽉 들어차는 감각은, 뭔가 붙잡았다는 만족감으로 이어졌다. 왼 손바닥이 얼얼할 정도까지 공을 만지작거리다보면 생각의 실마리 하나가 어디선가 나타났다. 야구공의 실밥을 계속 만지작거리기 때문이라고 생각했다. 어릴 때 캐치볼을 하지 못한 한을 혼자서 계속 풀고 있는 중이었다. 다른 친구들이 아버지나 형과 캐치볼을 할 때, 강치우는 혼자 벽에다 공을 던지며 놀았다. 혼잣말을 하는 것과 비슷했다. 말하고 대답하고, 던지고 받고, 생각하고 반론을 제기하는 걸 혼자서 다 해결했다.

삼층 집필실 한쪽 벽을 비워둔 것도 가끔 거기에다 야구공을 던지기 위해서였다. 벽에 맞고 돌아오는 야구공을 잡는 게 좋았다.

"캐치볼 상대 필요해요?"

조이수가 집필실 문 앞에 선 채로 말했다.

"일어났어요? 아, 일어났다는 표현은 정확하지 않겠네요. 뭐라고 해야 하죠?"

강치우가 글러브 속에다 공을 던지면서 말했다.

"다른 세계에 있다가 막 돌아왔다? 가상의 세계에서 현실로 귀환했다?"

"요즘 독서를 많이 하시나봐요. 표현력이 느셨네. 캐치볼할 줄 알아요?"

"저, 외야수로 활약하곤 했어요. 빠른 발을 이용해서 놓치는 공이 거의 없었죠. 홈 송구로 주자를 잡아본 적도 많고요. 워닝 트랙 앞에서 다이빙 캐치…… 아니에요, 이건 거짓말……인 거 얘기 들을 때부터 알았죠? 야구공 만져본 적도 없어요."

강치우가 글러브에 들어 있던 공을 조이수에게 던졌다. 조이수는 손을 뻗어서 잡으려다가 공을 떨어뜨렸다. 바닥에 여러 번 튄 공은 굴러서 다시 강치우에게 돌아왔다.

"이상한 방식으로 공을 돌려주시네."

"저 식물은 죽은 거 아녜요?"

조이수가 창가에 있는 버드 네스트를 가리키며 말했다.

"죽은 거예요?"

강치우가 되물었다.

"저도 식물은 잘 몰라요."

"꼬박꼬박 물을 줘도 식물을 키우는 건 힘드네요. 식물 키우기에 재능이 없나봐요."

"그런 사람이 있어요."

"어떤 사람요? 만지는 것마다 다 망가뜨리는 사람? 다 지워버리는 사람?"

"왜 이렇게 화가 나 있어요? 얼굴에 걱정, 고민, 근심, 갈등이라고 잔뜩 쓰여 있네요. 식물이 죽어서 그래요?"

"레이어 말고 그런 것도 보여요?"

"아, 이건 문학적인 은유인데요? 진짜로 글자가 써 있다는 게 아니라 뭐라고 해야 하지…… 얼굴 표정에서 그런 단어들이 연상되는……"

"무슨 말인지 알아요. 음…… 지금 시간 좀 있어요?"

"뭔가 나한테 할 이야기가 있다는 느낌이 들었어요."

조이수는 집필실로 들어와 푸른색 소파에 앉았다. 선글라스 너머의 눈은 이야기를 들을 준비가 끝난 상태였다. 강치우는 이야기의 시작점을 찾으려고 애썼다. 어디서부터 시작해야 할까. 다른 사람의 이야기를 들으면서 시작과 끝을 정하는 건 쉬웠지만, 자신의 이야기에 시작과 끝을 정하기란 힘들었다. 곧장 본론으로 들어가는 방식을 선택했다.

"사람을 딜리팅한다는 이야기 들어봤어요?"

강치우가 대수로운 일이 아니라는 듯 말했다.

"죽인다는 거예요? 세상에서 지워버린다?"

조이수가 놀라며 되물었다.

"아뇨, 물건과 마찬가지로 사람도 여분 레이어로 보낼 수 있어요."

"그게 가능해요?"

"제가 조이수 씨를 필요로 했던 이유가 바로 그거예요. 저는 딜리팅을 할 수는 있지만, 볼 수는 없잖아요. 딜리팅한 사람이 정말 다른 레이어로 갔는지, 아니면 죽었는지 알 수가 없어요. 혹시 여분 레이어를 들여다볼 때 사람을 본 적은 없어요? 현실에 존재하지 않는 사람."

"없었어요, 사람은. 보려고 하지 않았으니까 보이지 않았던 건지도 모르지만."

"보려고 해야 보이는 거군요."

"그럼요. 강치우 씨에게 집중해야 강치우 씨의 다른 레이어들이 보여요."

"보려고 해야 보이는 거라면, 보는 사람의 의지가 개입되는 거라면, 보이는 것들이 진짜로 존재하는 것인지 확신할 수 없지 않나요? 말하자면, 실제 존재하지 않는 것들인데 조이수 씨가 보려고 하는 마음 때문에 생겨나는 가짜일 수도 있지 않냐 이거죠."

"그럴지도 모르죠. 아닐지도 모르고. 지난번에 립밤으로 테스트한 것처럼 여분의 레이어가 있고, 그 레이어로 이동한 물건을 내가 볼 수 있는 건 확실해요."

"그랬죠. 립밤은 진짜였죠."

"진짜라는 건 유동적이에요, 강치우 씨."

"내가 만진 것들이 하나씩 사라지는 걸 지켜보는 건 진짜 힘들어요. 처음에는 보고도 믿기 힘들었어요. 진짜 웃기는 일 아니에요? 내가 어떤 물건에 집중해서 그 물건에 감정이입을 하면, 사라져버리는 거예요. 무슨 이런 개뼉다구 같은 운명이 있냐고요. 사랑하면 가질 수 있어야지. 사랑하면 더 많이 생겨야지, 안 그래요? 사랑하면 다 가져가버려요. 나중에는 무엇도 사랑하지 않게 돼요."

"자신이 딜리터라는 건 어떻게 알게 됐어요?"

"조이수 씨하고 비슷해요. 도무지 믿을 수 없는 일이니까 자료를 찾아봤죠. 물건이 사라지는 게 어떻게 가능한지, 나한테 무슨 일이 벌어진 건지 미친듯이 찾기 시작했죠. 그러다 딜리터의 존재를 알게 됐고요. 백만 명 중의 한 명꼴로 타고나는 거라고 하더라고요. 대부분의 딜리터들은 자기가 딜리터인 줄도 모르고 죽어요. 그냥 '난 왜 이렇게 만지는 것마다 고장나고 없어지고 그러는지 모르겠네' 이런 하소연만 하다가요."

"모르는 게 행복할 수도 있죠."

"맞아요. 내 마음이 딱 그래요. 몰랐으면 그냥 행복했을 거예요."

"사람을 딜리팅한다는 얘기는 처음 들어봐요."

"삼 년 전에 우연히 한 사람을 알게 됐어요. 그 사람은 내가 딜리터라는 걸 알고 있었고, 이것저것 물어보더니 책 한 권을 건네줬어요. 거기에 딜리팅의 방법이 적혀 있었어요. 딜리팅의 진짜 의미는 물건을 사라지게 하는 게 아니라 사람을 다른 차원으로 옮기는 거라고 적혀 있었어요. 간단한 일이 아니

었어요. 딜리팅을 위해서는 대상자의 이야기를 모두 들어야
해요. 모든 이야기를 알고, 그 사람이 어떤 상태인지 정확하게
알고, 그 사람에게 완전히 감정이입한 다음에야 겨우 시작할
수 있는 작업이었죠."

"그 사람의 전체를 알아야 완전하게 지울 수 있다?"

"전체를 알 수는 없겠지만 모호한 구석은 없어야 돼요."

"지금까지 몇 명을 딜리팅했는데요?"

"다섯 명이요."

"다 성공했어요?"

"알 수 없죠. 만약 다른 차원으로, 아니 다른 레이어로 이
동한 거라면 성공한 거겠지만, 현실 세계의 기준으로 보면 그
냥 실종된 거죠."

강치우가 한숨을 길게 내쉬었다. 그동안 딜리팅을 하면서
품었던 고민들을 이렇게 오랫동안 이야기해본 적이 없었다.
시작할 때는 어디서부터 이야기를 풀어야 할지 몰랐지만, 막
상 풀어내다보니 몸의 일부분이 뜨거워지는 것 같았다.

"강치우 씨 혼자만 알고 있는 거예요?"

"아뇨. 한 명 더 있죠. 출판사 대표도 알아요. 그 사람이 이
이야기를 듣고 대상자를 데리고 왔죠. 인맥이 넓거든요."

"출판사 대표가 대상자를 골라 오면, 강치우 씨가 그 사람

을 다른 차원으로 보내버린다? 아, 그래서 고스트라이터 일도 계속하는 거네요? 전기를 쓰는 일도 그 사람의 전체를 알아야 하는 거니까 두 개의 일을 섞어서 딜리팅을 감춘다? 좋은 작전이네요."

"제가 고스트라이터 일을 한다는 얘길 했던가요?"

"책장에 있는 책들을 보고 알았어요. 강치우 씨 책만 따로 모아놓은 책장에 다른 사람 전기들이 많이 있더라고요. 그래서 이것도 강치우 씨가 쓴 책이구나 했죠."

"눈치가 빠르시네."

"눈치 없다는 얘기 어릴 때부터 진짜 많이 들었는데…… 눈치가 빠른 게 아니라 논리적인 사고를 하는 거죠. 눈에 보이는 걸 바탕으로 가장 합리적인 결과를 도출해낸다. 그럼 소설가가 된 것도 딜리팅을 하기 위한 거였어요?"

"그건 아니에요. 가끔 그런 생각이 들어요. 어쩌면 『딜리터 묵시록』을 받게 된 것은 우연이 아니라 내가 소설가였기 때문은 아니었을까. 고스트라이터 일은 소설가가 되기 전부터 했으니까 사람들의 이야기를 듣고 그걸 글로 써내려가는 일을 해왔으니까, 이런 묵시록이 내게 온 것은 아닐까."

"『딜리터 묵시록』에 여분 레이어를 보는 방법에 대한 이야기는 없어요? 어떻게 해야 그 사람들을 볼 수 있을지 모르겠네요."

"있어요."

"앗, 그래요? 어떻게 하면 볼 수 있어요?"

강치우는 집필실 한쪽에 있는 금고로 갔다. 문을 열자 세 개의 두툼한 파일이 쌓여 있는 게 보였다. 각각의 파일에는 사람 이름이 적혀 있었고, 강치우는 소하윤이라는 이름이 적힌 파일을 꺼내 들었다. 묵직해서 한 손으로 들기에 버거워 보일 정도였다. 강치우는 파일을 조이수 앞에 놓았다. 쿵, 하는 소리가 무게를 짐작하게 했다.

조이수는 파일을 열어보았다. 종이 가득 글자들이 찍혀 있었다. 완성된 원고라기보다는 초안 형태였다. 인터뷰 녹취를 문자로 자동 변환한 것이어서 군데군데 맞춤법이 잘못된 부분이나 단락이 정렬되지 않은 곳이 많았다.

"이걸 다 읽으면 볼 수 있대요."

"딜리팅하는 것처럼 그 사람을 온전히 다 알아야 볼 수 있다는 거네요?"

"그렇죠. 그 사람의 이야기를 모두 다 알아야 모습을 드러내는 거죠."

"이건 누구 건데요?"

"지금 제가 가장 보고 싶은 사람이요."

"소하윤이 누군데요?"

조이수가 파일의 첫 장을 읽으면서 말했다. 첫 장에는 소하윤이 가장 행복했던 시기에 대한 묘사가 적혀 있었다. 문장의 시작은 이랬다. '내 인생에서 가장 행복했던 시기는 열 살 때였던 것 같아.'

"제가 가장 사랑했던 사람."

강치우가 금고를 닫고 잠금 다이얼을 돌렸다. 두 사람의 이야기는 금고로 돌아갔고, 소하윤의 이야기는 조이수 앞에 놓였다. 조이수는 앞에 놓인 글을 읽기 시작했다.

내 인생에서 가장 행복했던 시기는 열 살 때였던 것 같아. 집 안에 작은 마당이 있었어. 중정이라고 불러야 하나. 작은 산수유나무가 한 그루 있었는데 봄마다 정말 예쁘게 꽃이 피었어. 그때는 꽃 이름은 몰랐고 노란 꽃이라고만 불렀지. 마당에는 수도도 있었는데 동생이랑 물놀이를 했던 게 기억나. 밤에 온 가족이 나란히 앉아서 별을 본 적도 있어. 그때 내가 이렇게 물었대. "아빠, 저기까지 가려면 어떻게 해야 해?" 아빠가 이렇게 대답해줬대. "우리 하윤이는 가고 싶은 데가 많네? 저기까지 가려면 공기중에 터널을 뚫어야 하는데, 아빠가 나중에 만들어줄게." 그다음에는 내가 터널이 뭐냐, 공기란 게 뭐냐, 질문 폭탄을 던지는 바람에 엄마가 내 입에다 마시멜로를 넣어줬대. 그 집에는 비밀 공간도 있었어. 마당 뒤쪽에 커다란 콘크리트관이 하나 묻혀 있었는데, 거기로 들어가서 미끄럼을 타면 언덕 아래로 내려갈 수 있었어. 아빠나 엄마는 모르는 나만의 비밀 공간이었지. 얘기했으면 위험하다고 구멍을 막아버렸을 거야. 어른들은 들어갈 수 없는 나만의 비밀 통로였어. 한번은 내가 엄마를 깜짝 놀래킨 적이 있어. 엄마가 집을 나섰을 때 장난을 쳤지. 콘크리트관으로 들어가서 엄마보다 빨리 언덕 아래로 내려갈 수 있었던 거야. 내가 거기서 나타나니까 엄마가 깜짝 놀라면서 어떻게 된 거냐고 물었어. 내가 대답을 하지 않으니까 엄마는 내가 언덕으로 미끄럼을 타고 내려왔다고 생각했어. 그게 얼마나 위험한지 아냐고 다시는 그런 장난 치지 말라고 혼이 났지. 그래도 난 비밀 통로에 대해서는 말 안 했어. 동생한테도 비밀이었고, 딱 한 명, 지민이라는 친구한테만 얘기했지. 한번은 비밀 통로에 들어가서 가만히 앉아 있었던 적이 있어. 콘크리트관을 빠져나가려는데 사람 목소리가 들려서 그대로 앉아 있었어. 지민이하고 나는 거기에 웅크리고 앉아서 말없이 서로를 봤어. 사람이 지나가길 기다리면서 말야. 얼마나 앉아 있었는지 몰라. 점점 콘크리트관으로 들어오던

빛이 옅어지는 걸 느꼈어. 사람 목소리는 더이상 들리지 않았지만 우린 그냥 가만히 앉아 있었어. 지민이 숨소리가 지금도 느껴져.

그다음 해에, 그러니까 내가 열한 살 되던 해에 우리집이 아파트로 이사를 갔는데, 마당이 없어진 게 너무 속상했어. 마당이 없어지면서 어쩌면 내 마음속의 작은 공원이 사라진 느낌이었지. 비밀 통로가 없어진 건 더 슬펐고. 산책하다가 버려진 콘크리트관을 발견하면 꼭 그 안을 들여다봐.

고등학교 때 일기장에 적었던 장래 희망이 '마당 있는 집에서 다 같이 살기'였어. 그런데 엄마, 아빠, 동생이 교통사고로 죽으면서 희망이 통째로 사라져버린 거지. 나는 어떤 기분이냐면, 가족들이 전부 나를 빼고 소풍을 간 것 같아. 나만 여기 남겨두고 어디선가 신나게 놀고 있을 것 같은 생각이 드는 거야. 이상하지? 죽었다는 생각은 들지 않아. 분명히 죽어 있는 모습을 다 봤는데 그 모습보다는 살아서 함께 별을 보던 모습이 더 또렷하게 기억나. 빨리 가족들을 만나고 싶다. 죽는 거? 별로 안 무서워. 그냥 깊은 잠을 자는 거 아닐까? 내가 계속 실패하는 건 용기가 없어서일까, 아니면 먼저 가 있는 엄마가 오지 말라고 나를 말렸기 때문일까? 아마 엄마가 말리기 때문일 거야. 아빠도 말리겠지. 우리 하윤이는 좀

더 있다가 와. 아빠가 터널을 뚫어놓을 테니까, 그때 아빠가 데리러 갈게, 그러겠지. 아빠는 그랬을 거야. 치우 씨 마음은 알아. 알겠는데, 아냐, 솔직히 내 마음도 치우 씨 마음도 잘 모르겠어. 치우 씨 말대로 이게 죽는 것보다 나은 걸까? 가족들은 나 때문에 죽은 거야. 그날밖에 안 된다고, 시간 나는 날이 그날뿐이라고, 내가 그렇게 우겨놓고 가족 여행에 나 혼자 빠진 거야. 회사일 때문이라고 했는데, 회사일은 나중에 해도 상관없는 거였어. 내가 죽을 날짜를 고른 거야. 가족들은 그날 갈 이유가 없었어. 나 때문에 그랬던 거야. 내가 죽인 거야. 사랑하는 가족을 내가 죽였어.

그냥 나 같은 거 잊어버리고 살면 되잖아. 나는 여기 있는 게 지옥이야. 할 수 있는 게 아무것도 없어. 죽음이란 놈이 내 등에 착 달라붙어 있는 느낌이야. 아무리 해도 떨어지지가 않아. 치우 씨 만나는 것도 하나도 즐겁지 않아. 그런데 내가 뭘 할 수 있겠어.

나는 치우 씨 이야기는 솔직히 안 믿어. 다른 차원인지, 다른 세상인지, 내가 잠시 쉴 수 있는 세상인지, 그런 게 있다지만, 난 못 믿겠어. 그냥 살든지 죽든지 둘 중 하나라고 생각해. 그래도 마지막 소원이라니까 들어주는 거야. 만약 그런 차원이 있다면, 열 살만 반복되는 세상이면 좋겠다. 두 번째 질문은 뭐야? 내 인생에서 가장 불행했던 시기? 지금이지.
바로 지금. 넘어가자, 세 번째 질문은?

3장

3. 딜리터의 질문법과 딜리팅

딜리터는 대상자에게 스무 개의 질문을 던진다. 스무 개의 질문은 딜리터가 직접 정한다. 스무 개의 질문에 대한 답을 듣고, 부족한 점이 있다면 숨겨진 진실이 없도록 묻고 또 물어야 한다. 대상자가 거짓말을 하고 있지 않은지 파악해야 한다. 대답의 길이는 상관없지만, 언제나 진실해야 한다. 진실하지 않은 대답으로는 딜리팅이 불가능하다. 스무 개의 질문에 대한 진실한 답을 모두 듣게 되었을 때, 그 사람의 실체가 드러나고 비로소 딜리팅이 가능해진다. 딜리팅을 할 때는 다음 조건이 갖춰져야 한다.

첫째, 장소는 두 개의 출입구가 있는 지하실이어야 한다.

둘째, 대상자는 1번 출입구로 들어가 2번 출입구로 나가야 한다.

셋째, 이때 대상자는 최종 완성된 문서를 지참해야 한다.

넷째, 대상자는 음악을 고르고, 딜리팅 동안 그 음악이 흐르도록 한다.

다섯째, 딜리터는 대상자가 지하실에 머무는 동안 완성된 문서를 읽어야 한다.

여섯째, 딜리터는 최종 완성된 문서 한 부를 보관하고 있어야 한다.

— 『딜리터 묵시록』 중에서

이기동이 가장 좋아하는 일은 미행이었다. 자신을 드러내지 않는 데는 자신이 있었다. 딜리팅을 해달라는 요청을 받으면 몇 날 며칠 동안 목표물의 뒤를 쫓아다녔다. 165센티미터의 키에 뚱뚱하지도 마르지도 않은 체구에 평범한 얼굴이었고, 특별히 눈에 띄는 버릇도 없었으며 걷는 모습에도 별다른 특색이 없었다. 삼십대 초반의 직장인들이 자주 입을 만한 점퍼를 입었으며 가방은 가장 많이 판매되는 백팩이었다. 외모뿐 아니라 미행에 가장 중요한 눈치 역시 타고났다. 어느 정도의 거리를 유지해야 하는지, 미행당하던 사람이 갑자기 뒤를 돌아봤을 때 어떻게 대처해야 하는지 이기동만큼 잘 아는 사람이 없었다.

'내 뒤를 쫓는 아마추어가 한 명 있는데 뭐 하는 놈인지 알아봐줘'라는 말을 강치우에게 들었고, 곧장 미행이 시작됐다. 강치우의 뒤를 밟고 있는 이윤기의 뒤를 밟게 된 것이다. 이윤기는 보기보다 더욱 심각한 아마추어여서 자신의 뒤를 누군가 따라다닐 수 있다는 가능성은 한 번도 생각해보지 못했다. 사슴을 눈앞에 둔 하이에나가 뒤에 서 있는 호랑이를 알아차리지 못하는 셈이다. 이기동은 상대의 수준을 알아차리고는 맥이 빠져서 제대로 걷기가 힘들 정도였다. 미행을 시작한 지 하루 만에 집안으로 들어갔다. 빌라 삼층이었는데 문을 여는 손동작을 멀리서 관찰하는 것만으로 비밀번호를 알아낼 수 있었다.

집안은 너저분했다. 식탁 위에는 고지서들이 쌓여 있었고, 방구석에는 먼지 덩어리가 사막의 회전초처럼 굴러다니고 있었다. 강치우를 쫓고 있다는 증거는 집에 들어가자마자 확인할 수 있었다. 거실의 커다란 화이트보드에 몇 명의 이름이 관계도 형식으로 그려져 있었다. 한가운데에는 강치우의 이름이 적혀 있었고, 왼쪽에는 '동거하고 있는 여자', 오른쪽에는 '출판 관계자', 그 아래에는 '서점에서 함께 밤을 새운 거물의 냄새가 나는 남자'라고 적혀 있었다. 이기동은 핸드폰으로 화이트보드를 찍었다. 화이트보드 오른쪽 귀퉁이에는 '배수연'이라는 이름과 전화번호도 적혀 있었다.

화이트보드를 뒤집자 반대편에도 수많은 정보가 붙어 있었다. 환하게 웃고 있는 여자의 사진이 한가운데 자석으로 고정돼 있었고, 아래에는 '이선미'라는 이름이 적혀 있었다. 사진을 중심으로 지명과 사람의 이름이 사방으로 뻗어 있었다. 실종자 이선미를 찾으면서 얻게 된 정보를 빼곡하게 정리해둔 것이었다. 이기동은 반대편 화이트보드도 사진을 찍어 저장

했다. 화이트보드를 원래대로 돌려놓은 다음 바퀴에 도청 장치를 설치했다.

이기동은 들고 나갈 만한 것을 고르기 위해 집안을 둘러보았다. 일종의 루틴 같은 것이었는데 누군가의 집에 잠입한 후에는 눈에 띄지 않는 물건 하나를 들고 나가야 안심이 되었다. 일종의 인질 같은 것이라고 생각했다. 상대방은 전혀 눈치채지 못하지만 혼자서 겁을 주는 것이다. 집안이 너무 어지러워서 마땅한 것을 찾기가 힘들었다. 이기동은 바닥에 떨어져 있던 볼펜 하나를 집어 들었다. 볼펜에는 'M&F'라는 글자가 찍혀 있었다. 전리품으로 가져가기에 딱 좋은 물건이었다. 부피도 작았고, 없어진 걸 알아차리는 데 오십 년은 걸릴 만큼 존재감이 적은 물건이었다.

이기동은 집밖으로 나와 안전한 장소로 이동한 다음 강치우에게 전화를 걸었다. 한참 울리고 나서야 강치우가 전화를 받았다.

"오, 미래를 함께 대비하는 분. 어쩐 일이야?"

강치우가 비아냥거리는 말투로 장난스럽게 말했다.

"비, 비꼬는 겁니까?"

이기동이 말했다.

"아냐, 비꼬긴. 그냥 네 말투가 재미있어서 나도 한번 해본 거야. 네 말대로 미래를 함께 대비하는 사이끼리 비꼬고 그러면 안 되지. 좀 알아봤어?"

"네, 좀 전에, 집에도 들어갔다 왔고, 대충 어떤 레벨인지, 상태인지, 알아났습니다."

"응, 집 상태는?"

"사, 사진 두 장 보냈습니다. 잘 정리해놓은 걸로 봐서, 이제 막 시작하는, 아마추어고, 걱정할 건 없어 보입니다. 방심은 금물입니다."

"걱정이 없다는 거야, 방심하지 말라는 거야?"

"두 가지 미래가 있으니까, 두 개의 마음을 다 가져야 합니다."

"너 그런 멋있는 말 할 때는 꼭 말을 안 더듬더라."

"그, 그렇습니까? 멋이 아니라 진짜로 방심하면 안 됩니다."

"알았어. 누굴 미행한다는 게 얼마나 적극적인 행동인 줄 아니까 절대 방심 안 해. 너도 알잖아. 미행이 얼마나 번거롭고 귀찮고 까다롭고…… 아 참, 너는 아니지, 미안. 도청기는 설치했어?"

"자, 작은 걸로, 잘 묻어놓았습니다."

"좋아, 많지는 않겠지만 가끔 정보 업데이트 좀 해주고…… 실은 부탁할 게 하나 더 있어. 중요한 걸로."

"또, 또, 미행입니까? 저는 탐정이 아니고 딜리터, 지우는 사람입니다. 자꾸 이러면 곤란해요."

"그럼 딜리터를 가장한 미행을 부탁하면 되겠네. 내가 좀 곤란한 일이 생겼어. 나한테 왜 이러는지 모르겠거든. 믿고 맡길 사람이 너밖에 없잖아. 자세한 내용은 비밀 메신저로 보낼 테니까 참고해줘. 전화로 얘기하기는 힘들고, 내가 준비해놓은 자료도 있으니까."

"금액이 큽니까?"

"지난번에 이상한 얘기 한참 하고 나서 이야기 값 달라고 했을 때 빼고 내가 돈을 제대로 안 챙겨준 적 있어? 시세보다 적게 준 적 있어? 누굴 때려달라거나, 죽여달라거나, 너의 철학을 망가뜨릴 만한 일을 부탁한 적 있어?"

"없죠."

"그럼 믿고 가보자, 미래로 함께."

"미, 미래 얘긴 그만하세요. 이상하게 약 오르니까."

"알았어. 그럼 우리의 과거를 근거로 나를 믿어줘. 오케이?"

"문자 보내세요."

강치우는 전화를 끊고 이기동이 보낸 메시지를 보았다. 화이트보드를 찍은 두 장의 사진이었다. 사진 속의 관계도를 보고 강치우는 웃음을 터뜨렸다. 마음 같아선 부족한 부분을 빠짐없이 채워서 완벽한 관계도를 보내주고 싶지만, 미행하는 사람에 대한 예의가 아니기 때문에 참기로 했다. 함훈 회장과 함동수에 대해 미리 준비해둔 파일을 첨부해서 이기동에게 보냈다. 십 분 후에 이기동에게 문자가 왔다.

— 이걸 나보고 하라고요?

— 왜? 그냥 평범한 일 아니야?

강치우가 고개를 뒤로 젖혀 천장을 올려보며 말했다. 하얀 천장에 점 하나가 찍혀 있었다. 파리의 시체일지도 몰랐다. 파리의 시체라면 나중에 딜리팅해야겠다는 생각을 했다.

— 함훈이면 그 사람이잖아요.

— 그 사람이 뭐? 너 전에 국회의원도 한번 털어먹은 걸로 아는데 대기업 회장이면 우습지 않아?

— 우습지 않습니다. 함인 그룹이면 엄청 큰 회사인데, 그 대장을 어떻게 건드려요?

— 대장이 뭐냐, 회사 오너라고 해야지. 그리고 건드리긴 뭘 건드려. 돈 많은 분들은 어떤 이야기를 하시나, 대화 살짝 엿듣고 정보 좀 건져 오는 건데, 그게 너한테 그렇게 어려운 일은 아니잖아? 이기동 딜러님?

— 어렵습니다. 모든 게 쉬워 보여도, 전부, 다, 어렵습니다. 이건 위험 부담금을 훨씬 많이 주셔야 하는 겁니다.

― 위험 부담금을 많이 주면 할 수 있다는 거네? 그거야 당연히 챙겨준다니까.

― 자꾸 딜리터를 이렇게 다른 용도로 사용하시니까, 제가 집중을 여기 못하고, 그럽니다.

강치우는 문자 속 이기동의 말투가 실제와 닮아서 재미있었다. 말하듯이 문자를 보내지만 더듬지는 않았다. 어쩌면 이기동은 문자로 말하는 게 훨씬 편할지도 모르겠다고 강치우는 생각했다. 강치우는 이기동이 유혹을 느낄 만큼의 액수를 문자로 찍어서 보냈다.

이기동은 곧바로 'OK'라는 답장을 보냈다. 툴툴거리긴 했지만 강치우에게는 큰 고마움을 느꼈다. 딜리터 일거리도 거의 들어오지 않고 생계가 막막할 때 강치우는 모든 상황을 알고 있다는 듯 일을 맡겼다. 때로는 대수롭지 않은 일도 있었다. 누굴 찾아달라거나 구하기 힘든 자료가 있으니 도서관에 가서 찾아달라거나 어떤 때는 검색을 대신 해달라는 사소한 일을 맡길 때도 있었다. '일이 크든 작든 시간을 뺏는 일이니까, 보수는 그에 걸맞게'라며 적지 않은 돈을 보내주었다.

이기동은 보내준 자료를 살피면서 큰 그림을 그려보았다. 일단 제일 먼저 착수해야 할 일은 함훈 회장의 빈틈을 파고드는 것이고, 함훈 회장과 아들 함동수 사이가 어떤지를 알아내는 것이다. 함훈 회장은 자수성가한 기업가였다. 이십대 때 주유소로 사업을 시작한 그는 음식 재료 수입으로 큰돈을 벌었고, 관련 사업을 확장시켜 레스토랑 체인점을 여러 개 성공시켰다. 식재료 수입과 외식 사업을 기반으로 배달 사업에도 진출해 업계 1위가 되었고, 최근에는 '치보 에스프레스'라는 식료품 온라인 쇼핑몰을 인수하기도 했다. 아들 함동수는 아버지가 운영하던 레스토랑 체인점을 물려받았다. 강치우가 보내준 신문 기사에는 아버지에 비해 아들 함동수의 운영이 섬세하지 못하다는 비판이 많았다.

누군가의 공간에 잠입하는 방법에는 두 가지가 있다. 첫 번째는 집에 숨어드는 것이다. 함훈의 집을 알아내는 것은 쉬웠다. 시내 한가운데 단독주택이었고, 대지 면적이 팔백 제곱미터에 달했다. 보안 시설을 뚫는다 해도 혼자서 잠입하기엔 무리가 있었다. 두 번째 방법은, 그 사람의 마음에 숨어드는 것이다.

이기동은 딜리팅에도 두 종류가 있다는 걸 알고 있었다. 물리적 공간에서 지우는 것과 사람의 마음에서 지우는 것. 물리적 공간에서 물건을 지우는 것이 자신의 일이다. 일을 할 때마다 사람의 마음에서 뭔가를 지우는 것이 최고의 딜리팅이며, 언젠가 그런 능력이 있으면 좋겠다는 생각을 했다. 사람의 마음에서 무언가를 딜리팅하는 것은 불가능하지만, 사람의 마음에 잠입하는 것은 어렵지 않은 일이다. 이기동은 두 번째 방법을 통해서 함훈에게 다가가기로 했다.

3-2

회사에 다녀오는 시간을 제외하고 꼬박 이틀 동안 소하윤의 파일을 모두 읽은 조이수는 난생처음 느끼는 이상한 감각에 휩싸였다. 누군가의 몸과 자신의 몸이 고스란히 포개지는 느낌이었다. 거울을 볼 때와 비슷했는데, 거울을 볼 때와는 달리 대상은 눈에 보이지 않고 몸으로 느껴졌다. 누군가 자신의 몸으로 들어왔거나 자신이 누군가의 몸으로 들어간 듯한 느낌이었다. 조이수는 강치우에게 이 느낌을 설명하고 싶었지만, 적당한 단어가 떠오르지 않았다. 이틀 동안 읽었던 문장들이 자신의 몸에 자석처럼 붙어서 떨어지지 않았다. 소하윤이 했던 말들이 조이수의 몸을 에워쌌고, 피부가 되었다. 소하윤이 어떤 생각을 했는지, 어떤 감정이었는지, 왜 죽음에 그토록 집착했는지 알 수 있었다.

조이수는 여분 레이어 속에서 소하윤을 찾기로 했다. 강치우의 말대로라면 이제 소하윤을 찾을 수 있을 것이다. 글자로 만들어진 이야기의 숲을 통과했으니 형체를 만날 수 있을 것이다. 어떤 레이어에 숨어 있든 소하윤을 발견할 것이다. 조이수는 목욕을 하고 머리를 말리고 의자에 앉았다. 창문을 아주 살짝 열어서 바람이 통하게 하고 선글라스를 꼈다. 그리고 눈을 감았다. 여분 레이어와 현실 레이어를 둘 다 보이도록 했다.

조이수는 포토샵 프로그램을 통해서 다른 레이어를 명확하게 제어하는 방법을 배웠다. 이미지 편집 방식을 그대로 적용했더니 훨씬 선명하게 다른 레이어를 볼 수 있었다. 편집 프로그램의 레이어 합치기, 레이어 분할하기, 레이어 투명하게 하기 같은 기능을 자유자재로 쓸 수 있게 됐다.

우선 배경 화면을 투명하게 했다. 바탕에는 아무것도 없게 만들어야 한다. 선글라스를 끼면 배경 화면을 없애는 데 도움이 됐다. 다음으로 몇 개의 레이어를 합한다. 정보가 너무 많거나 쓸모없어 보이는 레이어들은 합해서 하나로 만들어두면 좀더 명료하게 다른 레이어를 볼 수 있다. 조이수는 자신이 보고 있는 레이어 속의 세상을 다른 사람에게도 보여줄 수 있으면 좋겠다는 생각을 자주 했다. 화석층 단면처럼 수많은 레이어로 포개져 있는 이 세상을 모든 사람들이 볼 수 있으면 얼마나 좋을까. 저장 버튼을 눌러서 동영상으로 저장하면 얼마나 좋을까. 사람들에게 이 영상을 보여주면 자신의 혼란스러운 나날을 위로받을 수 있을지도 몰랐다.

조이수는 레이어에 집중했다. 몇 개의 레이어를 합치고, 어둠 속을 헤치고 들어갔다. 소하윤의 이야기를 읽은 다음이라 전과는 다른 느낌이었다. 한 번도 만나지 못한 사람이지만 사진으로 본 소하윤의 얼굴은 생생하게 떠올릴 수 있다. 만난다면 곧바로 알아볼 것이다. 조이수의 시선은 터널처럼 생긴 휘어진 공간으로 빨려 들어갔고, 주변의 모든 공간이 한 점으로 기울고 있었다. 전보다 훨씬 강력한 힘이었다. 조이수는 눈을 꾹 감으면서 보이는 것들에 집중했다. 여분 레이어에 갇힌 물건들이 사방에서 비처럼 떨어지고 있었다. 아니 떨어지는 것이 아니라 어디론가 휩쓸려가고 있었다. 시간과 공간이 겹쳐 있는 곳, 현실에서는 보이지 않지만, 현실보다 더욱 생생하게 눈앞을 가로막는 곳. 조이수의 몸은 의자에 붙어 있지만 감은 눈으로 뛰어든 레이어의 세계는 텅 빈 우주처럼 확장되고, 확장되면서도 멀어지고 있었다. 멀어지면서도 또렷하게 보였다.

조이수의 눈앞에 사람이 나타났다. 레이어에서 사람을 발견한 건 처음이었다. 활자로 읽었던 이야기들이 눈앞에 여러 개의 장면으로 펼쳐졌고, 이야기들이 각각 하나의 레이어가 되어 세계를 구성하고 있었다. 조이수가 이미 알고 있는 이야기들이어서 그 안으로 들어가는 건 어렵지 않았다. 소하윤이 그 안에 있었다. 소하윤은 빵집에서 빵을 사고 있었다. 치아바타와 크림빵을 이미 집어 들었고, 다른 빵을 더 사려고 매대 앞을 걸어다니고 있었다. 소하윤 말고 다른 사람은 보이지 않았다. 조이수의 눈에는 오로지 소하윤과 소하윤을 둘러싼 물체들의 세계만이 보일 뿐이었다. 누군가 소하윤에게 핀 조명을 비추고 있는 듯한 풍경이었다.

조이수는 거리를 유지하면서 소하윤을 관찰했다. 그냥 보기만 할 뿐인데도 에너지 소모가 심했다. 소하윤이 강치우에게 말했던 이야기들의 레이어가 계속 날아와서 쌓였고, 이미 모두 알고 있는 이야기인데도 정보량을 감당하기가 힘들었다. 소하윤은 삶에서 기억나는 장면을 떠오르는 대로 얘기했지만 보는 사람 입장에서는 장면들을 연결시키기 힘들 수밖에 없다. 대학생이었던 소하윤이 자동차 운전을 하고 있는 장면, 영화를 보면서 울음을 터뜨리고 있는 장면, 물을 마시다가 컵을 깨뜨리면서 비명을 지르는 장면…… 소하윤은 시시각각 달라졌고, 시간과 공간이 사라진 이야기 속에서 변화하고 있었다. 조이수는 눈을 뜨고 레이어에서 빠져나왔다. 온몸에 힘이 들어가 있었다. 손바닥에는 땀이 그득했다. 몇 년 만에 처음으로 조이수는 졸음을 느꼈다. 깊이 잠들 수 있을 것 같았다. 바람에 흔들리는 꽃잎처럼 미세하게 눈꺼풀이 떨리고 있었다.
조이수는 의자에 앉은 채 고개를 떨구고 잠이 들었다.

조이수가 눈을 떴을 때 강치우가 맞은편 의자에 앉아 있었
다. 조이수는 코끝에 걸린 선글라스를 똑바로 썼다. 강치우가
신기하다는 표정으로 모든 동작을 관찰하고 있었다.

"뭐예요? 잠든 거예요?"

강치우가 물었다.

"그랬나봐요. 코 골았어요?"

조이수가 말했다.

"코는 안 골았는데, 잠꼬대를 했어요."

"뭐라고요?"

"정확히는 모르겠어요. 치아를 바꾸라고 했나, 치아를 바
다에 떨어뜨렸다고 했나."

"아, 치아바타."

"치아바타요?"

"빵 몰라요? 치아바타."

"그게 먹고 싶어요?"

"치아바타를 사고 있었어요."

"꿈꿨어요?"

"아뇨, 소하윤 씨가 치아바타를 사고 있었다고요."

소하윤이라는 이름에 강치우의 모든 움직임이 한꺼번에 멈췄다. 강치우는 조금 전 조이수가 했던 말이 어떤 의미인지를 파악하기 위해 눈을 끔뻑거리며 계속 생각을 했다. 치아바타를 사고 있었다는 것은 단순한 이미지가 아니라 구체적이면서 일상적인 이미지였다.

"그걸 봤다고요? 그럼 레이어를 볼 수 있게 된 거예요? 아니, 레이어 속에서 사람을 볼 수 있게 된 거예요? 그게 된다는 거잖아요. 거짓말 아니죠?"

강치우의 흥분된 목소리 때문에 조이수가 눈을 찡그렸다. 수년 만에 꿈도 없는 깊은 잠을 잤는데, 이렇게 여운 없는 분위기를 맞는 게 싫었다.

"거짓말 아니에요. 소하윤 씨를 봤어요. 그런데 다른 건 할 수 없었어요. 얘기도 나누지 못했고, 주변에 뭐가 있는지, 어디에 붙어 있는 빵집인지 자세히 보지도 못했는데, 그래도 봤어요."

"어때요? 하윤이는 어때요? 잘 지내요? 잘 있어요? 빵을 사고 있다는 건, 그러니까 일상적이고 평범한 삶을 살고 있다는 건가요?"

"음, 하나씩 물어볼래요?"

조이수는 의자에서 일어나며 기지개를 켰다.

"어땠어요? 좋아 보여요?"

강치우가 조이수를 따라 일어나며 물었다.

"소하윤 씨를 처음 보는 거니까 전과 어떻게 달라졌는지는 몰라요. 그래도 괜찮아 보였어요. 저도 레이어를 통해서 사람을 보는 건 처음이라서 뭐라고 해야 할지 모르겠어요. 레이어 속에서 살고 있다는 건 어떤 걸까요? 여길 기억할까요? 자기가 어떻게 레이어 속으로 들어가게 됐는지 기억할까요?"

"묵시록에는 기억한다고 나와 있어요. 약간의 충격 때문에 모든 게 아득하게 느껴지지만, 기억을 완전히 잃어버리는 건 아니래요. 하윤이와 이야기를 나눌 수 있을까요? 잠깐이라도?"

"살면서 이렇게 피곤한 적이 없어요. 엄청난 에너지가 필요한 일이에요. 전에 여분 레이어를 들여다볼 때와는 비교도 할 수 없게 힘들어요. 들여다보는 것도 이렇게 힘든데 과연 이야기를 건넬 수 있을지는 모르겠어요. 시간이 필요해요. 레이어에 적응할 시간이."

"네, 알겠어요. 기다릴게요. 하윤이가 거기 잘 있다는 걸 안 것만으로도 괜찮아요. 정말 다른 레이어에 가서 살 수 있는 거구나, 그걸 확인한 것만으로도 괜찮아요."

"그럼 다행이네요."

"고맙습니다. 조이수 씨."

"고맙긴요. 제가 선택한 일이잖아요."

강치우는 물어보고 싶은 게 더 많았지만 조이수의 눈치를 살피다 아래층으로 내려갔다. 책도 눈에 들어오지 않았고, 함동수의 원고도 들여다보고 싶지 않았다. 강치우는 서재를 서성거리기만 했다. 책점을 볼까, 함동수 이야기로 새로운 소설을 쓸까, 일 년 전부터 시작해 아직도 끝내지 못한 『죄와 벌』을 마저 읽을까, 아무것도 정하지 못하고 그냥 서성이기만 했다. 아무것도 손에 잡히지 않고, 모든 게 모래알처럼 손바닥을 빠져나갔다.

강치우의 눈앞에 치아바타를 먹는 소하윤의 모습이 선명하게 떠올랐다. 소하윤은 치아바타를 반으로 갈라 에멘탈치즈를 끼워 먹는 걸 좋아했다. "딱딱하지 않아?"라고 물으면 "딱딱해서 좋아"라고 답하곤 했다. 딱딱하지만, 이가 치즈를 통과할 때의 느낌이 좋다고 했다. 강치우가 그렇게 먹어보려고 치즈를 샀지만 손이 가질 않았다. 강치우는 치아바타를 손으로 조금씩 뜯어 먹는 걸 좋아했다. "그렇게 뜯어 먹으니까 솜사탕 먹는 것 같다"고 소하윤이 말하곤 했다.

"솜사탕 먹어봤어?"

"어릴 때 먹어봤지. 놀이공원 갔을 때."

"좋았겠네."

"좋았지. 한 손엔 엄마 손, 한 손엔 솜사탕."

"먹을래?"

"난 와구와구 먹는 게 좋아. 치즈를 넣어서 한입 가득 베어 먹을 때 입안에서 빵과 치즈가 마구 뒤섞이는 게 좋아. 그런 혼돈."

"혼돈이야? 융합 같은 게 아니고?"

"혼돈이 곧 융합이지."

그런 알 듯 말 듯 한 대화를 주고받았던 게 떠올랐다. 소하윤은 지금 여기 없지만 선명한 목소리로 이야기를 주고받았었다. 강치우는 냉장고로 가서 에멘탈치즈를 꺼냈다. 그 자리에 서서 비닐을 벗긴 채 한입 먹었다. 오랫동안 비닐에 갇혀 있던 숙성된 향기가 코로 스며들었다. 강치우는 의자에 앉아서 에멘탈치즈를 두 손으로 쥐었다. 만약 소하윤이 레이어 속에서 살고 있다면, 그리고 그동안 딜리팅했던 것들이 모두 레이어 속에서 연결될 수 있다면, 치즈를 소하윤에게 보내는 것도 가능할지 몰랐다. 치즈를 딜리팅해서 소하윤에게 보낼 것이다. 강치우는 속으로 그렇게 마음먹었다. 강치우는 소하윤을 생각하면서, 소하윤이 치아바타를 먹던 모습을 떠올리면서, 손에 들고 있는 치즈에 집중하면서, 치즈가 사라지며 이동하는 장면을 떠올렸다. 소하윤은 누군가 한입 베어 문 치즈를 보면서 '아, 치우 씨가 보낸 거구나'라고 생각할 수 있을 것이다. 강치우는 치아바타에 치즈를 끼우는 소하윤을 떠올렸다. 소하윤은 와구와구 먹을 것이다. 강치우는 눈을 감은 채 자신이 치즈가 되는 장면을 떠올리기도 했다. 소하윤의 입속으로 빨려 들어가 고소한 밀가루들과 뒤섞이는 혼돈을 떠올렸다. 소하윤의 날카로운 송곳니가 자신을 반으로 쪼갰고, 어금니가 뭉갰다. 강치우는 찐득해졌고, 소하윤의 목구멍 속으로, 암흑 속으로, 잘 보이지 않는 길고 긴 터널 속으로 빨려 들어갔다. 강치우가 눈을 떴다. 눈앞의 치즈가 사라졌다.

3 - 3

강치우는 양자인에게 함훈 회장을 만나게 해달라고 부탁했다. 양자인은 좋은 생각이 아니라고 충고했다. 두 사람이 만나는 순간, 만났다는 사실만으로 문제가 생길 수 있다고 말했다. 강치우는 그런 걸 신경쓰고 싶지 않았다. 함훈의 정확한 생각을 알고 싶었고, 그걸 알아야 뭐든 할 수 있었다. 양자인은 함훈 회장에게 말해보겠다고 했고, 함훈 회장은 예상외로 흔쾌히 수락했다. 아들 함동수가 운영하고 있는 레스토랑의

VIP룸으로 강치우를 초대했다. 처음에는 양자인과 함께 보는 조건이었지만 강치우는 단둘이 만나기를 원했다. 함훈은 그 것도 쉽게 수락했다.

레스토랑은 규모가 컸다. 문을 열고 들어서면 미사일로도 끄떡하지 않을 것 같은 레스토랑 로고가 계산대 옆에 큼지막하게 박혀 있고, 감히 로고에 손대는 것을 용납하지 않겠다는 듯한 엄숙한 모습의 직원 두 명이 강치우를 맞았다. 넓은 복도에는 십 미터는 넘을 법한 길이의 와인 셀러가 쭉 뻗어 있었다. 투명한 유리 너머로 고가의 와인들이 조용히 누워 자고 있었는데, 강치우는 그 모습이 어쩐지 섬뜩하게 느껴졌다. 세계 곳곳에서 납치한 와인들에게 마취제를 투여한 다음 강제로 수용한 장소 같았다. 강치우는 어떤 와인들이 있는지 눈으로 살피면서 천천히 걸어갔다. 앞서가던 직원이 강치우의 속도에 맞춰 천천히 걸었다. 희귀한 와인에는 이름까지 적어두어서 미술 전시장을 걷고 있는 것 같았다.

레스토랑의 인테리어는 전반적으로 과한 느낌이었다. 금색이 자주 눈에 띄었고, 식기류도 실용성보다는 장식에 초점을 맞추어 고른 듯했다. 홀 한가운데에는 와인과 위스키를 마실수 있는 바가 있었는데, 수많은 와인 잔이 비행기에 장착된 폭탄처럼 거꾸로 걸려 있었다. 바 뒤쪽에 숨겨진 스위치를 누르면 와인 잔이 일제히 어떤 도시를 공격할 것 같았다.

입구로 들어온 지 오 분 만에 VIP룸에 도착한 강치우는 이미 지쳐 있었다. 주변을 살피면서 천천히 걸었던 탓도 있지만 레스토랑은 거대했고, VIP룸은 비밀의 방처럼 안쪽에 숨어 있었다. 함훈 회장은 서류를 읽고 있다가 일어서서 강치우를 맞았다.

"반가워요. 함훈이오."

함훈이 손을 내밀었고, 강치우가 맞잡았다. 함훈은 일흔이라는 나이가 무색하게 활기로 가득했다. 희끗희끗한 머리는 뒤로 가지런히 넘겼고, 뿔테안경으로 세련미를 더했다. 피부에는 주름이 많았지만 주름마저도 가지런하게 빗질을 해놓은 것처럼 단정했다. 어깨는 뒤로 젖혀져 바른 자세를 유지하는 기틀을 마련했고, 잘록한 허리 역시 삶의 태도를 반영하고 있었다.

"이렇게 만나 뵙자고 해서 죄송합니다."

강치우는 사과부터 했다.

"죄송하긴, 결례는 내가 먼저 했지. 어려운 숙제를 내놓고는 얼굴 한 번 안 비치고. 식사부터 하겠소?"

"입구에서 여기까지 거리가 워낙 멀어서 피곤하고 지치고 허기지긴 하지만 일 얘기를 끝내고 먹어야 체하지 않을 것 같습니다. 여긴 분위기가 묵직해서 한번 체하면 열흘 정도는 고생할 것 같거든요."

"하하하, 여기가 좀 그렇지? 아들 녀석 취향이 나하고는 원체 달라서."

"회장님 취향이 궁금하네요."

"과유불급. 아들놈은 매번 과해서 탈이지요. 나 같은 늙은이야 과할 일이 없고."

"빈 잔에는 와인을 채울 수 있지만, 넘친 와인은 주워 담을 수 없다는 거네요."

"하하, 역시 듣던 대로 말씀을 쉽지 않게 하시네. 양 대표가 그럽디다. 강 작가하고 이야기하다보면 어느 순간부터 무중력 상태인 믹서 안에 들어간 것 같을 거라고. 위, 아래, 좌, 우 없이 머릿속을 마구 휘젓는다고."

"제가 휘젓는다기보다 상대방의 생각이 마구 뒤섞일 수 있는 그릇 역할을 해드릴 뿐입니다. 대체로 사람들은 그럴 수 있는 여력이 없거나 그럴 수 있다고 해도 겁을 내거든요. 뒤섞인 다음에 원래대로 돌아오지 못할 것 같으니까요."

"원래라는 게 없죠. 늘 바뀌고 있는 거니까."

"역시, 회장님하고는 말이 통할 줄 알았습니다. 그래서 직접 뵙자고 한 겁니다."

"와인 좋아해요?"

"좋은 와인은 좋아하죠."

"좋은 와인을 고르는 강 작가만의 기준은?"

"아무리 좋은 와인이라도 직접 마셔보지 않고서는 좋다고 말하지 않습니다."

"겪지 않은 사람은 믿지 않는다?"

"사람이 아니라 와인 이야기인데요? 대체로 비슷한 이야기이긴 하지만."

"세상에는 수많은 와인이 있는데 모두 따볼 수는 없지 않소? 마실 와인과 마시지 않을 와인은 어떻게 구분하지?"

"추천을 받는 경우가 많죠. 저를 잘 아는 사람은 제가 어떤 와인을 좋아하는지 아니까, 실패할 확률이 줄어듭니다."

"강 작가를 잘 알게 되려면 시간이 필요할 텐데, 언제나 처음이라는 게 있지 않겠소? 가까워질 사람인지 아닌지는 어떻게 판단하지?"

"대화를 나눠보면 알죠. 쓰는 단어와 화법과 문장의 길이와 비유를 듣고 나면 어떤 사람인지 알 수 있습니다."

"자신만만하시네."

"문장이 저의 생명이니까요."

"그런 프로페셔널한 모습이 지금의 강 작가를 만든 거겠군요."

"아뇨. 지금의 저를 만든 건 저를 궁지로 몰아넣었던 사람들일 겁니다."

함훈은 작은 소리로 헛기침을 했고, 벽 건너편에서 헛기침하기를 기다렸다는 듯 곧바로 문이 열렸다. 직원 한 명이 와인을 들고 들어왔다. 한 손에는 와인병을 들고, 다른 한 손에는 코르크 스크루를 들고 묘기를 부리듯 코르크를 제거했다. 마치 두 손과 와인병이 끈으로 연결돼 있는 것 같았다. 직원은 와인을 따라주고 다시 밖으로 나갔다.

"지금 마시는 게 어떤 와인인지는 설명하지 않겠어요. 지금은 그게 중요하지 않으니까. 무척 좋은 와인입니다. 제가 추천하죠."

"회장님과 제가 아직은 추천을 주고받을 사이는 아닙니다만."

"한번 마셔보고 좋은 와인이 아니면 함훈을 믿지 않으면 되는 거 아니겠소."

"네, 그러죠."

강치우는 와인을 마셨다. 첫 모금이 입술을 타고 들어가는 순간 표정을 들키지 않으려고 애썼다. 마셔본 와인 중에서도 손꼽힐 정도로 훌륭한 맛이었다. 입안을 가득 채우던 와인이 부드럽게 목을 타고 넘어갔다. 목을 넘어갈 때는 물처럼 부드러웠지만 입안과 온몸에 진한 흔적을 남겼다.

"그런데 강 작가. 아주 높은 레벨을 넘어서면 말이오, 강 작가의 그 논리가 통하지 않는 곳으로 접어들게 될 거요. 대체로 맞는 말이지. 직접 마셔봐야 좋은 와인인 걸 알 수 있다. 그런데 최고가의 와인이나 최고의 와인은, 마셔보지 않아도 알 수 있어요. 그런 걸 두고 우리는 무한 신뢰라고 표현하지. 무한 신뢰를 얻으려면 어찌해야 되는지 아시오? 돈, 정성, 노력, 헌신을 오랜 시간 동안 준비해야 합니다. 토적성산, 티끌이 모여서 태산이 되고, 작은 믿음이 모여 무한 신뢰가 되는 거요."

"아직까지는 회장님을 무한 신뢰하기 힘든데요. 제가 티끌이어서 그런가봅니다."

"강 작가, 지금 와인 이야기하는 중 아니었나? 대체로 비슷한 이야기이긴 하지만."

"한 방 먹었네요. 좋습니다. 맛있는 와인이네요. 아니, 훌륭한 와인입니다. 이따가 남은 건 테이크아웃으로 포장해주시겠습니까? 집에 사둔 젤리랑 같이 먹으면 맛있을 것 같네요."

"하하하, 재미있는 친구구먼. 모으고 싶은 티끌이야."

함훈은 와인을 입에 머금고 미소를 지었다. 신기한 제품을 처음으로 대할 때의 표정이었다. 십자말풀이를 할 때처럼 강치우를 들여다보았다.

"이제는 돌아가지 않고 직진차로로 들어가겠습니다. 왜 딜리팅을 하시려는 거죠?"

강치우가 와인 잔을 옆으로 밀면서 말했다.

"양 대표 말로는 이유를 묻지 않고도 해줄 수 있다던데."

함훈은 와인 잔의 길쭉한 스템 부분을 꽉 쥐었다. 마치 강치우의 목을 쥐면서 뭔가를 강요하는 것 같았다.

"그건 아마도 회장님이 양 대표의 목을 꼭 쥐고 있기 때문에 잘못된 말이 새어 나온 걸 겁니다. 딜리팅이 어떤 건지는 알고 계신 거죠?"

"양 대표 말로는 사람을 죽이지 않으면서도 이 세상에서 사라지게 할 수 있는 특별한 방법이라고 하더군. 사라지는 사람도 행복할 수 있고, 사라지길 바라는 사람도 행복할 수 있는, 논제로섬 게임이라고."

"세상에 완벽한 논제로섬은 없습니다. 그렇게 믿고 싶을 뿐입니다. 사라지는 사람 당사자의, 그러니까 다른 차원으로 이동하는 사람의 동의가 무엇보다 중요합니다."

"그건 힘들겠소."

"그러면 저도 힘듭니다. 동의가 없다면 그건 살인이나 마찬가집니다. 천국으로 가든 다른 차원으로 가든 이 세상에서 사라지는 건 마찬가지니까요."

"아들 녀석이 동의하기 힘든 이유를 강 작가에게 납득시킨다면, 해주겠소?"

"저를 납득시키긴 힘들겠지만 시도는 해보시죠."

함훈은 강치우에게서 눈을 떼지 않으면서 와인을 마셨다. 입술과 입가에 검붉은 와인 자국이 남았다. 함훈은 냅킨으로 입가를 닦아냈다.

"몇 달 전, 아들놈이 교통사고를 일으켰소. 끔찍했지. 아들놈도 다치긴 했는데 상대 피해가 훨씬 컸어요. 아들놈을 피하려다가 난간을 들이받고는 언덕 아래로 굴러떨어졌으니까. 아들놈은 마약을 한 상태였고, 조수석에 앉아 있는 애인도 그랬나 봅니다. 녀석은 수습을 하지 않은 채 도망쳤어요. 사고 신고도 하지 않았고, 피해자가 어떤 상태인지도 확인하지 않았어요. 멍청한 녀석. 다행인지 불행인지 시시티브이가 없는 곳이었고, 목격자도 없었지. 내가 아들놈에게 뭐라고 충고했는 줄 알아요? 천지지지여지아지, 하늘이 알고 땅이 알고 네가 알고 내가 알고. 하늘하고 땅을 빼도 벌써 두 사람이 알고 있는 거야. 두 사람이 안다는 건 만 명이 알게 된다는 뜻이거든. 과학수사를 우습게 보지 말라고, 경찰이 밝혀낼 거라고 얘길 해줬는데, 아들놈은 애인에게 다 덮어씌울 생각이더라고. 하필이면 자동차 명의도 그 여자로 되어 있고."

"잘못된 선택을 할 거라는 불길한 예감이 드는군요."

"아들놈은 그런 배포가 없어. 내가 잘 알지. 지금까지 좋은 선택을 한 적도 없지만, 잘못된 선택을 한 적도 없어요. 그냥 선택 자체를 할 줄 모르는 놈이거든."

"선택할 줄 모르는 사람치고는 과감한 시도인데요? 동승인에게 죄를 덮어씌울 생각을 하는 건 보통 사람으로서는……"

"뒤에 다른 놈들이 있소."

"뒤라면?"

"아들놈 뒤에 양아치 같은 녀석들이 붙은 것 같아. 혼자서 사건 해결을 해보겠답시고 만난 녀석들이 아들놈의 진가를 알아본 거지."

"진가요?"

"아, 이놈은 그냥 껍데기일 뿐이구나. 껍데기를 바싹 구워서 함훈을 밀어내는 데 쓰면 되겠구나. 그런 계획을 세우는 놈들이지."

"그래도 아들이면 잘 얘기를 해서……"

"아까 강 작가가 그랬지. 세상에 완전한 논제로섬은 없다고."

"대체로는 그렇죠."

"둘 중에 한 명이 사라져야 한다. 그런 상황을 상상해본 적이 있나?"

"회장님과 제가 함께 있는 지금의 상황을 말씀하시는 거라면, 저는 사라져드릴 용의가 있습니다. 먼저 갈까요?"

"하하, 아니 아니, 그대로 앉아 계시오. 아들과 나 둘 중에 누가 세상에 남으면 좋을까 생각해봤지. 종이 한가운데 수직으로 선을 긋고, 왼쪽에는 나 함훈이 남으면 좋은 이유, 오른쪽에는 아들놈이 남으면 좋은 이유, 그렇게 적어봤다오."

"팽팽하겠군요."

"아니. 오른쪽 칸에는 아무것도 적지를 못했소. 아무리 생각해봐도 나 대신에 아들놈이 남을 이유가 없더라, 이 말이오."

"그건 지나치게 자기중심적으로 생각⋯⋯"

"누구나 다 자기중심적이오. 얼마나 객관적으로 자기중심적일 수 있냐의 차이지. 나는 오래전부터 '경영권 세습은 구시대의 잔재다' '경영 능력은 유전자에 들어 있는 게 아니라 노력하는 땀방울로 만들어지는 것이다' 이런 얘기를 해왔소. 전문 경영인이 맡아서 체계적으로 관리해야 미래에 대비할 수 있다는 게 내 생각이오. 아들놈은 그 자리에 어울리지 않고. 나는 내가 일궈온 것들을 지키고 싶소."

"그건 맞는 이야기네요."

"양아치 녀석들이 아들을 조종하고 있어요. 그 때문인지 아들도 변했고요. 점점 나빠지고 있는데, 그걸 되돌릴 방법은 이제 없어요. 만약 고통 없이, 누군가 죽는 일도 없이, 시끄러울 일 없이 이 혼란을 잠재울 수 있다면, 뭐라도 하겠다고 생각했어요. 그러다 딜리팅을 알게 됐지. 강 작가가 나라면 어떤 선택을 할까?"

"일단 저는 함훈 회장님이 아니고요. 만약 그래도 대답을 하라고 강요하신다면, 타이르겠습니다. 죽을 때까지."

"하아…… 타이른다."

"그 단어가 마음에 들지 않으면, 설득한다, 납득시킨다, 이해시킨다, 설명한다 등등의 단어도 있습니다. 다른 단어도 더 있고요."

"그래서, 강 작가는 사랑하는 여자를 딜리팅한 거군요? 이름이 소하윤이던가요?"

"네?"

"양 대표에게 들었습니다."

"양 대표가 선을 넘었군요."

"가끔은 선을 넘어야 진심을 알 수 있지요."

"선을 넘는 순간 전쟁이 벌어지기도 하죠."

"강 작가가 사랑하는 사람을 다른 차원으로 보내고 싶어했던 마음과 내가 아들을 대하는 마음이 크게 다르지 않을 수도 있어요. 평화로운 방법으로 이 문제를 해결하고 싶소."

"크게 다릅니다. 그리고 딜리팅은 평화로운 방법이 아닙니다. 회장님이 잘못 알고 계시네요. 이건 최후의 방법입니다. 벼랑 끝에 몰렸을 때, 둘 중 하나를 선택해야 할 때, 최악을 피하기 위해 차악을 골라야 할 때 쓰는 방법입니다."

"지금이 그 순간이오. 간절함이 전달되지 않은 모양인데, 내가 서 있는 곳이 벼랑 끝이오. 내가 죽거나 아들이 죽거나 둘 중 하나를 선택해야 해요. 딜리팅이 있다면 둘 다 피할 수 있는 것 아니겠소. 출기제승, 딜리팅이야말로 기묘한 책략으로 승리를 따내는 방법이라 생각했소. 그곳은, 딜리팅되어서 가는 그곳은 참 평화롭다면서요."

"거짓말입니다."

"거짓말? 양 대표에게 그렇게 들었소. 세상의 시름이 없는 곳이라고."

"아무도 본 사람이 없습니다. 이 세상에서 사라지고 다른 레이어로 옮겨간다는 사실만 알 뿐, 그곳이 얼마나 평화로운지는 알지 못합니다. 딜리터 비밀문서에 그렇게 적혀 있기 때문에 저도 그렇게 믿고 있지만, 평화라는 개념은 모든 사람에게 다르니까요."

함훈과 강치우는 격투기 경기장의 케이지 안에서 맞붙은

것처럼 상대방의 말이 끝나자마자 반격을 시도했고, 말꼬리를 붙잡으며 상대를 공격했다. 강치우는 주도적으로 대화를 이끌어나갔지만 소하윤이라는 이름이 나오는 순간 평정심을 잃고 말았다. 자리를 박차고 나가고 싶은 마음뿐이었다. 강치우는 잔에 남아 있던 와인을 단숨에 들이켰다.

"평화란 게 뭘까요, 강 작가. 사업을 하다보면 하루라도 조용히 지나가는 날이 없어요. 아주 작은 문제부터 커다란 문제까지, 내가 실수해서 생긴 문제부터 가장 어린 직원이 만들어낸 문제까지, 끊임없이 문제가 생깁니다. 아주 가끔 별다른 일이 생기지 않는 날들이 있어요. 밤이 되어서 자려고 누웠을 때 갑자기 이런 생각이 드는 거지. '뭐야, 오늘 별일이 없었네?' 아이들 방에 가서 자고 있는 녀석들의 얼굴을 보고 옵니다. 세상에, 아무런 문제가 없어요. 그런 날들이 있습니다."

"옛날얘기 하시는 걸 보니 대화를 끝낼 때가 된 것 같군요. 한 가지만 더 말씀드릴게요. 회장님이 딜리팅을 부탁하셨고, 어쩌다보니 잘못된 꾐에 빠져서 저도 함동수 씨를 인터뷰하긴 했는데, 중요한 문제가 있습니다. 딜리팅을 하려면 두 가지 조건이 선결돼야 합니다. 첫 번째, 함동수 씨가 본인 입으로 모든 사실을, 한 조각의 숨은 비밀도 없는 완벽한 진실을 털어놓아야 하고요, 두 번째, 자신이 딜리팅된다는 사실을 미리 알고 있어야 합니다."

"녀석이 뭔가 숨기던가요?"

"숨긴다기보다 함동수 씨의 이야기에는 중요한 뭔가가 빠져 있습니다. 지금 저에게 해주신 사고 얘기도 빠져 있었고요. 딜리터는 그런 걸 간단하게 넘길 수 없습니다. 중요한 뭔가가 빠진다면, 딜리팅은 실패할 수밖에 없거든요."

"첫 번째는 강 작가님이 해결할 수 있는 일이겠네요. 빠진 이야기를 직접 물어보면 되니까요. 그런데 두 번째 문제를 해결하는 건 불가능하겠네요. 그 녀석이 딜리팅을 선택할 것 같지는 않으니까."

"그럼 할 수 없네요."

강치우는 함훈을 관찰했다. 아들을 다른 레이어로 보내고 싶어하는 아버지의 복잡한 심정이 얼굴에 그대로 드러나고 있었다. 이러지도 저러지도 못하는 갈등의 시간이 이마의 깊은 주름으로 파였다. 함훈의 표정을 보는 순간, 자신의 오래전 감정이 고스란히 되돌아왔다. 끊임없이 자살을 시도하는 사람을 저지하는 것은 쉬운 일이 아니었다. 삶에 미련이 없어진 사람은 자신의 숨통을 확실하게 끊어놓을 방법으로 달려가게 마련이다. 강치우는 소하윤과 함께 살던 몇 달 동안의 숨막히는 공기를 다시 느꼈다. 소하윤을 처음 만났을 때의 설렘까지 생각났다. 함훈은 정말 벼랑 끝에 서 있는 사람처럼 보였다. 벼랑 끝에 서 있는 사람에게는 두 가지 선택지가 있다. 뛰어내리거나 돌아서서 맞서 싸우거나. 벼랑 끝에 서 있는 사람을 발견한 사람에게는 세 가지 선택지가 있다. 떨어지는 것을 방치하거나 뒤에서 등을 떠밀어 선택을 도와주거나 맞서 싸울 힘을 불어넣어서 함께 싸우거나. 강치우는 『딜리터 묵시록』을 떠올리면서 방법을 생각했다. 네 번째 선택지도 가능할 것 같았다.

"한 가지 방법이 있기는 합니다."

강치우의 말에 함훈의 눈이 반짝였다.

3 – 4

조이수는 오랜만에 휴가를 냈다. 강치우에게는 이야기하지 않고 소하윤이 어릴 때 살았다는 동네를 찾아보기로 했다. 레이어에 접속했던 순간, 소하윤에게서 받은 정보가 너무나 강렬했기 때문에 그냥 지나칠 수 없었다. 녹취 문서에서 어릴 때 살았던 동네 정보는 확인했지만, 구체적인 장소는 알지 못했다. 일단은 그냥 가보기로 했다. 조이수의 눈에는 모든 것이

선명했다. 소하윤에게 그만큼 중요한 장소였던 셈이다. 조이수는 소하윤에 대한 정보를 더 많이 알게 될수록 접근이 쉬워질 것이라 생각했다.

언덕 위의 동네는 한창 재개발이 진행되고 있었다. 몇몇 집은 철거가 끝났고, 개발사의 계획에 반대하는 플래카드가 걸린 집도 많았다. 조이수는 언덕을 힘겹게 걸어 올라갔다. 집을 부수던 공사장 인부들이 선글라스를 낀 채 언덕을 오르는 조이수를 의심스러운 눈초리로 바라보았다. 조이수는 일단 꼭대기까지 올라갔다. 거기에서 아래를 살피는 쪽이 빠를 것 같았다. 삼십 분이나 더 끙끙거린 후에야 겨우 언덕 꼭대기에 오를 수 있었다.

조이수는 사방을 훑어보았다. 동네가 한눈에 내려다보였다. 시시티브이를 확인하듯 동네의 움직임을 관찰하던 조이수는 소하윤의 옛집을 빠른 시간에 찾아냈다. 소하윤이 말한 그대로였다. 지붕의 형태며, 나무의 모습이며, 마당의 넓이까지 비슷했다. 조이수는 풍경을 바라보면서 잠깐 휴식을 취한 다음 소하윤의 옛집으로 이동했다. 가까워 보였지만, 언덕에서 또다른 언덕으로 움직이는 건 간단한 일이 아니었다.

집은 폐허였다. 지붕은 부서졌고, 벽도 성한 곳이 없었다. 사방이 허물어져 있었다. 건물의 잔해가 마당에 가득해서 흙

딜리터

이 보이지 않았다. 소하윤이 이 풍경을 본다면 상심할 것 같았다. 조이수는 마당 뒤쪽으로 가서 콘크리트관을 찾아보았다. 방치된 마당은 식물이 장악했고, 높이 솟은 잡풀이 통로를 더욱 은밀하게 만들었다. 조이수는 잡풀을 헤집고 들어가서 콘크리트관을 발견했다. 선글라스를 벗고 관을 들여다보았다. 빛이 거의 들어오지 않았다. 그 안에 뭐가 들어 있는지는 보이지 않았다. 반대편으로 가서 통로를 확인해봐야 할 것 같았다. 조이수는 집을 나와서 언덕을 내려와 콘크리트관의 반대편으로 갔다. 잡풀들이 입구를 막아놓아 빛이 들지 않았다. 아무렇게나 던져놓은 쓰레기들이 쌓여 있었다. 조이수는 쓰레기를 걷어내고 주변의 잡풀을 손으로 뽑았다.

조이수는 콘크리트관으로 들어갔다. 몸을 많이 숙여야 겨우 안으로 들어갈 수 있었다. 아이들의 놀이터였던 이유가 있었다. 둥근 관에 들어가니 웅크리기 좋았다. 몸이 관에 딱 들어맞았다. 양쪽의 입구로 작은 빛이 스며들고 있었지만 관의 중앙 부분은 어두웠다. 조이수는 선글라스를 끼고 둥근 관에 몸을 맞춘 채 눈을 감았다.

"그 안에서 뭐 해요?"

관 입구에서 들리는 목소리에 눈을 떴다. 남자 목소리였다. 조이수는 선글라스를 벗고 빛이 들어오는 쪽을 유심히 살폈다. 관의 끝에서 강치우의 얼굴을 발견했다.

"뭐예요? 강치우 씨가 왜 거기서 나와요?"

조이수가 다시 선글라스를 끼며 말했다.

"좀 드라마틱하게 등장했죠? 좀 전에 007 영화의 한 장면 같지 않았어요? 거기 보면 눈동자 같은 거에서 007이 총을 쏘며 등장하잖아요."

강치우가 웃으며 말했다.

"미행한 거예요?"

"미행이라는 말은 과하고 그저 내 사무실로 들어가는데 조이수 씨가 밖으로 나가길래 따라와봤어요. 숨으려는 의도가 전혀 없었기 때문에 미행이라고 할 수는 없습니다. 조이수 씨가 그냥 저를 발견하지 못한 것뿐이죠. 도시관제센터에서는 정면만 보기 때문에 뒤돌아보는 법이 없나봐요?"

"이런 일을 원래 잘해요? 누굴 쫓아가고, 조용히 파헤치고, 비밀을 들쑤시고, 그런 일?"

조이수의 말에 대답하지 않고 강치우는 고개를 숙여 관 속의 공간을 가늠해본 다음 힘겹게 안으로 들어왔다. 강치우가 앉아 있기에는 불편한 공간이어서 '흠' '휴' '하아' 같은 얕은 신음이 연신 새어 나왔다. 조금 시간이 지나자 자리를 찾았다.

"소설가는 관찰하는 사람이에요. 관찰의 핵심이 뭔지 알아요? 자신을 사라지게 하는 겁니다. 내가 드러나면 관찰이 제대로 이뤄질 수 없어요. 나를 버리고 상대를 온전히 지켜볼 수 있을 때 관찰이 완성되거든요. 그래서 소설가는 경력이 거듭될수록 눈에 잘 띄지 않는 사람, 어디선가 많이 본 듯한 사람으로 변하게 되는 겁니다. 소설가 중에 잘생긴 사람이 거의 없죠? 다 그런 이유 때문이에요. 미행하기에 최적의 조건이 되는 거죠."

"미행 아니라면서요."

"오늘은 미행이 아니었지만, 미행하기에 좋은 몸이 된다는 겁니다."

"미행이었네."

"아니라니까요."

"뭐가 궁금해서 따라왔어요?"

"그냥, 뭐랄까, 믿지 못한 건 아니고요, 음…… 나한테 말한 게 전부가 아닐지도 몰라, 내가 모르는 뭔가가 있나? 그런 생각을 했어요."

"내가 보는 걸 전부 다 얘기해줄 순 없어요. 지금 나는 눈을 감고 있는데요, 눈앞에 하마가 보여요. 아니, 거짓말이에요."

"눈을 감고 있는 게 거짓말이에요, 아니면 하마가 거짓말이에요?"

"눈을 감고 있어요."

"여기가 하윤이가 어릴 때 살던 집이죠? 그래서 온 거죠?"

"어떻게 알았어요?"

"하윤이 얘기를 받아 적은 사람이 접니다. 옛집을 묘사할 때 저도 한번 가보고 싶다는 생각을 했어요. 조이수 씨가 이렇게 쉽게 찾아낼 줄은 몰랐지만요."

"저도 강치우 씨 못지않게 관찰 전문가예요. 가끔 내가 드론 같다는 생각을 해요. 눈을 감으면 두 눈이 얼굴에서 쏙 빠져나와서 하늘로 둥둥 떠올라가는 거예요. 내 몸은 여기 있지만 눈은 하늘에서 내려다보는 거죠. 내 몸은 여기 있지만 목소리가 하늘로 올라갈 때도 있고."

"괴기스러운 장면이네요."

"좀 그렇죠?"

"콘크리트관 속에 들어와 있으니 이상하게 마음이 편안하네요. 조이수 씨도 괜찮아요?"

"여기에서 여분 레이어로 들어가볼까 해요. 소하윤 씨가 더 잘 보일 것 같아요."

"제가 옆에 있어도 괜찮아요?"

조이수는 어둠 속에서 손을 뻗어 강치우의 손을 잡았다.

"그럼요. 강치우 씨도 소하윤 씨와 깊은 관계가 있는 사물이니까요.”

“저는 사물이 아니라 사람인데요.”

“사물이라고 생각하는 편이 집중이 잘돼요.”

“사물로 생각될 수 있게 숨을 참아볼까요?”

“십 분 동안 참을 수 있어요?”

“힘들죠.”

“그럼 그냥 사람으로 계세요.”

조이수는 눈을 감고 집중했다. 곧장 여분 레이어 속으로 들어갔다. 주변에 빛이 적어서 집중하는 데 도움이 됐다. 강치우의 손에서 느껴지는 열기가 처음에는 거슬렸지만 조금씩 익숙해졌다. 나중에는 오히려 레이어 속으로 들어가는 데 도움이 됐다. 조이수는 레이어 속에서 곧 소하윤을 찾아냈다.

소하윤은 어딘가를 바라보고 있었다. 조이수는 소하윤이 보고 있는 풍경을 함께 바라보았다. 언덕 아래로 보이는 풍경은 재개발되고 있는 도시가 아니라 풍성하고 푸른 자연의 모습이었다. 건물은 온데간데없었다. 도시 이전의 풍경이거나 도시가 사라진 후의 풍경 같았다.

“지금 소하윤 씨는 언덕 아래를 바라보고 있어요.”

조이수가 눈을 감은 채 말했다.

“나도 눈을 감으면 볼 수 있을까요?”

"한번 해봐요."

조이수가 말했다.

강치우는 눈을 꼭 감았다. 잔상이 조금씩 엷어지면서 완전한 암흑이 몸을 둘러쌌다. 힘을 주어 눈을 감으면 더 짙은 어둠으로 변하는가 싶다가 다시 잔상이 생겨났다. 강치우는 살며시 눈을 감았다. 눈에서 힘이 빠져나가고, 애써 눈을 감으려 하지 않아도 자연스럽게 감은 상태가 유지되었다.

"아무것도 안 보여요."

"내 손을 잡는다고 그게 그렇게 쉽게 보일 리 없잖아요."

"계속 이렇게 손을 잡고 있으면 언젠가는 보일까요?"

"강치우 씨는 딜리터 일에만 충실하세요. 보는 건 제가 할테니까."

"그래도 이렇게 손을 잡고 있으니 마음이 평화로워지네요. 이상하게."

"그게 뭐가 이상해요."

조이수는 소하윤이 바라보고 있는 풍경을 함께 바라보았고, 강치우는 소하윤을 보고 있는 조이수의 손을 잡고 있었다.

"소하윤 씨는 평화로워 보여요. 아마도 어린 시절을 떠올리고 있는 것 같아요. 어린 시절에 보던 풍경이 기억나나봐요."

"좋네요. 하윤이가 평화롭다니."

"입가에 희미한 미소가 걸려 있어요. 예뻐요."

"웃을 때 예쁘죠."

"눈도 예뻐요. 쌍꺼풀이 없고 옆으로 길게 뻗었네요. 제가 좋아하는 눈이에요."

조이수의 손에 갑자기 힘이 들어갔다. 다른 존재가 두 사람의 손을 감싸쥐는 것 같았다. 세 사람이 함께 손을 맞잡은 느낌이었다. 강치우는 낯선 힘이 궁금해 눈을 떴다. 당연히 주위에는 아무도 없었다. 조이수와 강치우뿐이었다.

"이상한 느낌이에요. 이게 뭐죠?"

강치우가 물었다.

"들려요?"

조이수가 물었다.

"바로 옆에 있잖아요."

강치우가 대답했다. 조이수의 손이 조금씩 떨렸고, 강치우의 손에 힘이 들어갔다. 맞잡은 두 사람의 손에서 엄청난 떨림이, 힘이, 바깥으로 뿜어져 나오려 하고 있었다. 수많은 사람이 함께 손을 잡고 있는 듯했다. 레이어 속의 모든 사람들이 이 순간을 기다리고 있다가 갑자기 열린 문으로 쏟아져 나오려 하고 있는 듯했다. 강치우는 손이 너무 뜨거워서 빼려고 했지만 조이수는 놓아줄 생각이 없었다. 미지의 힘 역시 강치우를 놓아줄 생각이 없었다. 강치우의 몸속으로 뜨거운 것이 계속 밀려 들어왔고 강치우는 순순히 모든 힘을 받아들였다.

"소하윤 씨, 내 말이 들려요?"

조이수가 다시 물었다.

"하윤이가 듣고 있어요? 지금 우리 말을 듣고 있어요?"

"조용히 해봐요. 지금 고개를 돌렸어요. 내 말에 반응하고 있어요. 소하윤 씨, 내 말이 들려요? 혹시, 혹시, 내가 보여요?"

"뭐래요? 보인대요?"

"소하윤 씨. 소하윤 씨, 내 말 들려요?"

"하윤아, 들려?"

3 – 5

이기동은 함훈의 비서실을 집중 공략하기로 했다. 비서실에는 세 명이 근무하고 있었는데 그중 가장 나이가 어린 송서준이라는 인물을 목표로 설정했다. 송서준은 체격이 건장한 삼십일 세의 남자로, 취미는 무술을 하나씩 배워나가는 것이고 특기는 상대방을 빠른 시간 안에 제압하는 것이었다. 취미와 특기가 언제나 한몸처럼 움직이고 있었다. 비서실에서 회장의 스케줄을 조정하는 일도 하지만 경호원처럼 쓰일 때도 많았다. 이기동은 송서준에게 접근하기 위해 수년 만에 복싱 글러브를 손에 끼었다.

송서준이 다니는 권투도장 '펀치라인과 훅'은 현 복싱 챔피언이 운영하는 곳이었다. 젊은 세대에게 인기가 많았고, 다이어트를 목적으로 배우는 사람도 많았다. 이기동은 고등학교를 자퇴하고 프로 복싱 선수로 활약한 적이 있었다. 무릎에 심각한 부상을 당한 후 더이상 선수 생활을 하지 못했지만, 스튜디오에 샌드백을 매달아두고 시간 날 때마다 연습을 했다. 주먹이 허공을 가르는 순간이 좋았고, 묵직한 물체가 주먹 끝에서 부서지는 듯한 쾌감이 좋았고, 주먹과 모래주머니가 만나서 만들어지는 파열음이 좋았다. '펀치라인과 훅'의 코치 중 한 명을 알고 있었기 때문에 송서준과 인사를 나누는 건 쉬웠다. 코치에게 스파링을 주선해주길 부탁했고, 일주일 만에 3라운드 스파링을 할 수 있었다.

송서준은 운동으로 단련된 몸이지만 복싱을 오래 배우지는 않았다. 발놀림은 좋았지만 펀치의 각도가 예리하지 못했다. 이기동은 송서준을 2라운드 일 분 만에 다운시켰다. 복부에 날카로운 공격을 가했고, 송서준은 일어서지 못했다. 이기동은 예의를 갖췄고 승리의 포효를 하는 대신 송서준의 날렵

한 스텝을 칭찬했다. 약점을 알려주었고, 프로페셔널만 볼 수 있는 잘못된 습관을 지적했다. 송서준은 주의깊게 들었다. 스파링을 한 날은 일요일이었고, 저녁에 약속이 없으면 가볍게 술 한잔하면서 권투 이야기를 더 하고 싶다는 이기동의 제안을 반갑게 받아들였다.

이기동은 선수 시절의 사진을 보여주면서 이야기를 시작했다. 송서준은 말수가 많은 편은 아니지만 리액션을 아끼지는 않았다. 이기동이 말을 더듬으면서 권투 시합 장면을 설명할 때는 불판의 고기가 타는 줄도 모르고 이야기에 빠져들었다.

"제, 제가 말을 더듬는 게 좋을 때도 있습니다. 이, 이게 일종의 리듬, 상대가 어, 어떻게 해야 할지 모르는 리듬이거든요. 잽처럼 나, 날리다가 갑자기 후, 훅으로 꺾어 들어오면, 감당이 안 됩니다."

"이기동 회원님 말투가 진짜 리드미컬하세요. 권투 스타일하고 닮았어요."

"그, 그렇습니까? 가드 올리십시오, 또 이야기 날아갑니다."

"하하하, 이기동 회원님 진짜 제 스타일이시라니까요."

두 사람은 한 시간 넘게 권투 이야기를 나눴다. 역사적으로 유명했던 권투 시합을 복기하는 시간도 있었고, 다른 격투기에 비해 권투가 얼마나 우아한 스포츠인지에 대해서도 의견을 나눴다. 송서준은 권투와 축구와 마라톤을 가장 좋아했고, 이기동도 그런 척했다. 세 가지 모두 장비가 별로 필요 없는 원초적인 스포츠라는 공통점이 있었다. 이기동은 송서준이 권투 이야기에 흥미를 잃게 될 순간을 기다렸다. 근처의 위스키 바로 이동해서도 무하마드 알리의 권투 스타일에 대한 이야기를 나눴고, 밤 아홉시가 되어서야 송서준은 이기동에 대해 궁금해하기 시작했다.

"실례지만, 이기동 회원님 직업을 여쭤봐도 될까요? 곤란하시면 얘기 안 하셔도 됩니다."

"곤란하진 않은데, 어, 어렵습니다. 직업이."

"어려운 일을 한다고요? 아님 설명하기 어렵다고요?"

"둘 다 어렵습니다. 그래도, 가, 간단히 설명하자면, 딜리터라고 합니다."

"딜리터요?"

"그런 거 들어보셨습니까? 인터넷 장의사, 잊혀질 권리."

"들어봤죠."

"오프라인 버전입니다. 지우고 싶은 것을 의뢰하면 제가 가서 도와드립니다."

이기동은 송서준에게 자신이 하고 있는 일을 상세하게 설명했다. 물론 불법적인 일이나 누군가의 뒤를 캐는 일도 한다는 설명은 생략했다. 지금 하고 있는 이야기들도 누군가에게 접근하기 위한 것이라는 말도 당연히 하지 않았다. 그런 설명 없이도 충분히 호기심을 자아내는 직업이었기 때문에 송서준은 이야기를 열심히 들었다. 이야기를 모두 듣고 난 송서준은 어려운 수학 문제를 맞닥뜨린 학생 같은 표정을 지었다.

"와, 되게 멋있는 일을 하시네요. 딜리터로는 돈을 잘 벌 수 있습니까?"

"저, 적당한 생활을 하는 데는 큰 무리가 없어요. 큰돈을 벌지는 못하지만."

"사무실도 있어요? 나중에 한번 구경시켜주세요."

"그럼, 지, 지금 가실래요? 멀지 않아요."

"그럴까요? 아, 그런데 시간이 벌써 이렇게 됐네요. 이야기하다보니 열시가 넘은 줄도 몰랐네요."

"서준 회원님은, 어, 어떤 일을 하시는데요?"

"저는 함인 그룹 비서실에서 일해요."

"아, 들어봤어요, 함인 그룹. 레스토랑도 있잖아요."

"맞습니다. 내일 일찍 출근해야 해서 오늘은 여기까지 해야겠네요. 사무실은 나중에 보여주세요."

이기동은 송서준과 헤어지고 나서 곧바로 도청 장치를 확인했다. 송서준이 잠깐 자리를 비웠을 때 핸드폰에 설치해둔 것이다. 확인을 마치고 스튜디오로 향하는데 강치우에게서 전화가 왔다.

"오늘은 전화를 빨리 받네? 우리 딜리터님."

"전화 피한 적 어, 없는데요?"

"피한 적 없지. 그냥 우선순위에서 밀렸을 뿐. 일은 어떻게 돼가고 있어?"

"함훈의 츠, 측근을 한 명 섭외하는 중입니다. 곧 약한 고리를 알아낼 겁니다. 함동수하고 함훈 두 사람 연결 고리, 관계이런 것도 알아보라고 했잖아요. 이상한 게 많아요."

"이상한 거 어떤 거? 부자 관계가 너무 좋아?"

"그, 그럴 리가요. 함동수가 사람을 시켜서 아버지 뒷조사를 하고 있는 거 같아요."

"그거야 예상했지. 아버지 말에 의하면 아들이 자기를 쳐내려고 온갖 궁리를 짜내고 있대."

"함훈 씨가 야, 야, 약을 먹고 있는 게 있거든요."

"그렇겠지, 아무래도 나이가 있으니까."

"그 약 이름을 꼭꼭 감추고 있는데, 알려지면 문제가 될 거 같아요."

"아버지가 마약이라도 한다는 거야?"

"아, 아뇨. 기업을 정상적으로 운영하기 힘든 질병이라면,

그런 것 때문에 약을 먹고 있다면 문제가 되겠죠. 만약 아들이 그 약을 알아낸다면 아버지를 공격하기 쉬워지겠죠."

"약이라…… 그건 내가 함훈 씨에게 직접 물어봐야겠네."

"새, 새로운 정보 있으면 저한테도 알려주시고요. 측근 섭외 끝나면 저도 약 정보부터 알아볼게요."

"또 새로운 건 없고?"

"지금 사, 상태는 뭐랄까 댐 수문을 열기 직전, 모든 게 꽉 들어찬 상태, 폭발 직전 그런 지점이라서, 지금은 아무것도 아는 게 없지만, 내일이면 많은 걸 알게 될 거 같아요."

"요새 그 친구 안 보이던데, 아마추어 미행자. 우리 딜리터님이 치우신 건 아니지?"

"저, 저는 사람 처리하고 폭력 쓰고, 그런 거 안 하는 거 아시잖아요. 도청 정보도 별로 없어요. 집에 들어오지 않나봐요."

"알겠어. 수고해, 그럼."

"강 작가님."

"응?"

"이번 일 아무래도 기간도 길어지고 요금이 인상될……"

"돈 얘긴 끝나고 하자, 왜 이래 프로페셔널이."

"프로페셔널이니까 도, 돈 얘길 하죠."

"프로페셔널이란 건 그런 게 아니야. 돈이라는 걸 뛰어넘어

야 할 허들로 생각하는 달리기 선수 같은 거지. 프로페셔널이
란 어원이 말야, 공개적으로 당당하게 선언……"

　이기동은 전화를 끊었다. 끊어진 핸드폰을 잠깐 들여다보
았다. 한 번도 돈 때문에 문제를 일으킨 적이 없는데도 이기
동은 강치우와 이야기만 하면 돈 얘길 꺼내게 되는 게 신기했
다. 강치우의 번지르르한 말투 때문에 그런 것이라 생각했다.
이기동은 스튜디오로 걸어가는 동안 음악을 들었다. 아이슬
란드 가수 비외르크의 'Hidden Place'라는 노래였다. 끊어질
듯 이어지는 멜로디가 자신이 말하는 방식과 비슷했다. 흥얼거
리면서 노래를 따라 불렀다. 스튜디오에 도착해서 계단을 올라
갈 때쯤 노래가 끝났다. 고요함이 순식간에 이기동을 둘러쌌
다. 스튜디오의 문을 열었을 때 이기동은 낯선 냄새를 맡았다.
평소와 다른 무엇인가 감지됐다. 불을 켜려고 스위치를 올리
는 순간, 묵직한 둔기가 자신의 머리로 날아오는 소리를 들었
다. 태풍에 부러진 나뭇가지가 사방으로 휘날리듯 슈욱, 하는
소리가 점점 가까워졌다. 이기동은 정신을 잃고 쓰러졌다.

해가 지고 가로등이 순차적으로 켜지듯 이기동의 의식도 서서히 돌아왔다. 뒤통수에서 피가 흐르는 것 같았지만 손을 댈 수 없었다. 양손이 뒤로 묶인 채 의자에 결박돼 있었다. 이기동은 여러 번 눈을 깜빡이며 초점을 잡아보려고 했다. 서 있는 남자를 간신히 볼 수 있었다.

"여…… 여기가 어딥……니까?"

문장을 완성하는 게 힘에 부쳤다. 핸드폰을 들여다보던 남자가 이기동의 말에 고개를 돌렸다.

"아, 일어났어요?"

남자가 가까이 다가왔다. 깨어난 것이 반갑다는 것처럼 들리기도 했고, 귀찮게 뭐 하러 깨어났냐는 질책처럼 들리기도 했다.

"어디예요?"

이기동이 다시 물었다.

"어디냐고 묻는 게 맞나? 당신 누구냐, 이런 질문이 먼저여야 하는 거 아닌가? 아니지, 그럴 수도 있겠네. 일단은 장소를 파악하고, 그 장소를 통해 자신이 어떤 상황에 처해 있는지 확인할 수 있겠네."

"머, 머리가 너무 아파요. 깨졌나요?"

남자가 이기동의 뒷머리를 살폈다. 손가락으로 머리카락을 헤집었다.

"피가 말라붙긴 했는데…… 깨졌다고 봐야 하나? 깨졌으니까 피가 난 건가? 아니지, 깨진 틈으로 피가 흘러나오긴 했지만, 막 금이 갔다거나 속이 들여다보이거나 그런 건 아니에요. 다행히 이제는 피도 멎었고."

"물 좀 줘요."

"아이 거참 붙잡혀서 묶인 분이 대화와 상황을 주도하시네. 물은 좀 그렇고, 조금만 기다려봐요. 당신과 대화를 할 분이 곧 오실 거니까. 괜히 물 줬다가 싫은 소리 듣는 건 별로예요. 이렇게 해봐요. 입을 쩝쩝 다시면서 입천장에 붙어 있는 수분을 아래로 끌어내려보세요. 이렇게요. 쩝, 쩝, 쩝, 그러면 나는 신기하게 목이 덜 마르던데."

이기동은 더이상 말을 하지 않았다. 남자의 수다가 정신을 더욱 혼란스럽게 만들었다. 영화에서 보면 저렇게 말 많은 친구들이 잔인하게 변해서 웃는 얼굴로 발목을 자르곤 했다. 남자의 심기를 건드릴 필요가 없을 것 같았다. 이기동은 기억을 떠올려보려고 애썼다. 송서준과 술을 마셨고, 헤어졌고, 음악을 들으며 계단을 올라섰고, 음악이 멈췄고, 바람 소리가 났고, 정신을 잃었다. 시간이 아주 많이 흐른 것 같지는 않다. 바깥은 여전히 깜깜하고, 몸속에 술기운도 남아 있었다. 시력이 조금씩 되살아나고, 주변을 둘러볼 정신이 생겼을 때에야 묶여 있는 곳이 자신의 스튜디오임을 깨달았다.

다가오는 남자는 턱이 뾰족했고, 눈매가 매서웠다. 몸은 건장해서 얼굴이 더욱 작아 보였다. 가까이 다가왔을 때 그 사람이 더스트맨이라는 걸 알 수 있었다. 딜리터로 일하면서 더스트맨을 모를 수는 없었다.

"이기동 씨?"

더스트맨이 이름을 불렀다.

"제, 제가 아는 사람 같네요. DM 맞죠?"

이기동이 고개를 들어올려 보면서 말했다.

"싫어하는데, 그 별명."

"네, 그럼 더스트맨이라고 부를게요."

"이 바닥에서 놀고 먹기만 한 건 아닌가보네. 나를 아는 걸 보니."

"더, 더스트맨이 제 이름을 불러주는 걸 보니 열심히 일한 게 맞나봅니다."

"이번에 알게 됐지, 이기동 씨를."

"처, 첫 인사치고는 뻑적지근하네요. 무, 물어봐도 됩니까,

제가 왜, 왜 묶이고 이렇게 물도 못 먹고 있는지?"

"물을 안 줬어? 물 좀 줘. 그래야 말이 술술 나오지."

더스트맨이 말 많던 남자에게 지시를 내리자 잽싸게 뛰어와서 생수병을 이기동의 입에 들이밀었다. 목구멍으로 물이 넘어가는 소리가 조용한 스튜디오에 퍼졌다. 더스트맨이 구석에 있던 의자 하나를 끌어내서 이기동 앞에 앉았다. 손짓을 하자 옆에 서 있던 남자가 문밖으로 나갔다.

"스튜디오를 잘 꾸며놨네. 부러워."

"열심히 이, 일한 덕분이죠."

"너무 열심히 일했어. 자꾸 내 눈에 띄는 걸 보니까. 돈 때문인가? 아님 직업 정신이야?"

"아, 앞으로는 눈에 안 띄도록 하, 하겠습니다. 조용히 지내겠습니다."

"복수불수라고 했어. 무슨 뜻인 줄 알아?"

"모르겠습니다. 보, 보, 복수를 당하면 바, 반신불수가 된다?"

"뭘로 보는 거야, 나를. 복수불수, 엎질러진 물은 주워 담을 수 없다. 한번 눈에 띄기 시작한 사람은 계속 눈에 띌 수밖에 없다."

"그, 그럼 저는 어떻게 해야 할까요?"

"눈에 띄지 않게 해줄게."

"어, 어, 어떻게요."

"이기동 씨가 생각하는 그런 거 아냐. 소문이 이상하게 났더라고. 나에 대해. 사람 죽이고 그러는 사람 아냐, 나. 그냥 일이 끝날 때까지만 조용한 데다 둘 거야."

"저, 저를, 조용한 데다 둔다고요?"

"이기동 씨는 지금 함훈 회장과 함동수 씨에 대해 궁금한 게 너무 많아. 물음표가 왜 그렇게 생긴 건지 알아? 물음표는 낚싯바늘이랑 비슷해서 잘못 물었다가는 입천장이 다 날아가지. 며칠 동안 조용한 데서 쉬게 해줄게. 그전에 물어볼 게 있어서 이런 자리를 마련했어."

"구, 궁금해하지 않겠습니다. 제발 살려주세요."

"뒤를 캐라고 한 게 정확히 누구야?"

"저, 정확히요?"

"정확히."

"의뢰인의 신상은 절대로 공개할 수 없는 것이 저희 일의 특성이란 점은……"

"이런 말 할 때는 말도 더듬지 않는단 말야. 솔직히 말해봐. 말 더듬는 건 연기 같은 거야?"

"새, 생각을 해야 하는 말은 간추리고, 고르고, 다듬어야 하니까 더, 더듬게 됩니다. 명확한 정보를 말할 때는 더듬지 않고, 잘, 말할 수 있습니다."

"변명 좋네."

"가, 감사합니다."

더스트맨이 의자에서 일어나 스튜디오를 훑어보았다. 별다른 장식품은 없고 책장 가득 책이 꽂혀 있었다. 책은 주제별로 정리해두었고, 곳곳에 분류 주제가 적혀 있었다. '죽음' '내세' '영혼' 같은 단어가 눈에 띄었다.

"책을 많이 읽나보네."

"치, 치, 취미 생활입니다."

"많이 아는 건 안 좋아. 그냥 즐길 수 있는 소설을 봐."

"소설도 봅니다."

"오래전이야. 프리랜서 딜리터로 일할 때 사후 딜리팅을 맡은 적이 있었어."

"어, 어려운 일이죠. 사후 딜리팅은."

"그렇지. 의뢰인의 바이탈 사인을 수시로 체크해야 하고, 유품 정리사나 경찰이나 기자나 그 비슷한 초파리들이 몰려들기 전에 일을 처리해야 하니까."

"보, 보, 보수가 좋잖아요."

"그렇긴 하지. 상자 하나였어. 그걸 열어보지 말았어야 했는데. 물음표가 낚싯바늘이 되었지. 과거로 돌아갈 수 있다면 바로 그날로 돌아갈 거야. 상자를 열어보려는 내 뒤통수를 후려칠 거야."

"뭐, 뭐가 들어 있었는데요?"

"뭐, 뭐, 뭐가 들어 있었을까? 낫싱이 들어 있었지."

"나, 나, 낫싱이라면, 제로요?"

"응, 제로. 제로로 돌아가는 방법, 제로로 만드는 법. 아무리 커다란 숫자가 있어도 곱하는 순간 제로로 만들 수 있는 제로."

"무슨 말씀인지 자, 잘 모르겠습니다."

"그냥 평범한 딜리터로 살 수 있었는데 그 상자를 열어버리는 바람에 전으로 돌아갈 수 없게 됐어. 나는. 이기동 씨를 만나니까 예전의 내가 생각나서 자꾸 이렇게 주절거리게 되네. 내 이름이 왜 더스트맨인지 알아?"

"아, 압니다."

"딜리터 중에도 모르는 사람이 많은데…… 반갑네."

"한번은 만나보고 싶었습니다. 실제로 물건을 사라지게 하는 모습을 보고 싶었습니다."

"명확한 진실인가보네, 방금 말을 안 더듬었어."

"능력을 존경합니다."

"나는 몹쓸 음모에 휘말렸어. 사후 딜리팅을 부탁했던 그 사람도 딜리터였고, 자신이 받았던 저주를 나한테 넘겨준 거야. 내가 비밀문서를 볼 거라는 걸 알고 있었어. 내게 저주를 유산으로 남겨준 거야."

"저, 저, 저주가 아니라 능력 아닙니까?"

"이기동 씨, 그럼 내 저주를 받을래? 가져갈래?"

"가, 가져올 수 있습니까?"

"흐흐흐, 그럴 수 있는 거면 진작에 넘겼어. 딜리터가 될 수 있는 사람은 백만 명 중 한 명뿐이야. 어릴 때부터 뭐든 만지면 잃어버리고 깨버리고 망가뜨리는 사람들이야. 그걸 능력으로 받아들이긴 쉽지 않지."

"제가 그런 사람인지도 모릅니다. 저도 어릴 적에 망가뜨리는 걸로 유명했습니다."

"자네는 아냐. 걱정하지 말고, 평범한 삶을 살아. 어떻게 아냐고? 딜리터들끼리는 다 아는 수가 있어. 평범한 딜리터로, 사람들 물건을 훔쳐서 없애는 일만 계속하도록 해. 그게 행복해."

"저, 저는 가짜 딜리터밖에 안 되는 거네요. 진짜 딜리터로 살아갈 수는…… 없는 거네요."

"진짜 가짜가 어디 있어. 각자의 역할로 사는 거지. 물건을 세상에서 없애버리는 게 기분 좋은 일인 줄 알아? 살인 현장에 있는 증거들을 지우는 게 기쁜 일인 줄 알아? 뺑소니치고 도망간 남자의 뒤처리 하는 게 즐거운 일인 줄 알아?"

"그럼 왜 딜리터 일을 하세요?"

"내가 할 수 있는 일이 그것밖에 없으니까. 그 일을 제일 잘하고, 그걸로 돈을 벌 수 있으니까."

더스트맨의 목소리 톤이 높아졌다. 더스트맨은 자신이 뱉은 말을 후회한다는 듯 고개를 좌우로 여러 번 흔들었다. 이야기를 하는 동안 자신의 전 생애가 떠올랐는지도 모른다. 후회되는 순간을 떠올리면서, 돌이킬 수 없는 과거의 지점을 생각하는지도 모른다. 이기동은 더이상 대꾸를 하지 못했다.

"마지막으로 하나만 물어볼 텐데, 솔직하게 대답해줄 수 있겠나?"

더스트맨이 의자에서 일어서며 말했다.

"그럴 수 있으면, 소, 소, 솔직하게, 가감 없이, 빠짐없이 이야기하겠습니다."

이기동이 떨면서 말했다.

"이름을 정확히 말하는 건 힘들다고 했으니까, 예, 아니오로만 대답하도록 해. 그건 할 수 있겠지?"

"예?"

"그렇지, 놀라서 대답하는 거라도 상관없어. 방금 예스라고 한 거지?"

"아, 아니오. 예스라고 하지 않……"

"좋아, 이번에는 아니오라고 말한 거고. 바로 물어볼게. 소설가 강치우가 이번 일을 맡긴 거야, 그렇지?"

"아, 아니……"

"잠깐, 답을 하기 전에 잘 생각할 게 있어. 이기동 씨가 대답을 어떻게 하든 나는 이번 일을 해결할 거야. 쉽게 해결할지 어렵게 해결할지를 이기동 씨가 정해주는 거지. 그런데 만약에 말야, 이기동 씨의 답변 때문에 내가 먼길을 돌아가게 된다면, 해결하는 데 많은 시간이 걸린다면, 아주 난폭한 딜리터를 만나게 될 거야. 알겠어?"

"디, 디, 딜리터끼리 사정을 아시면서 이렇게……"

"아까 이기동 씨 입으로 얘기했잖아. 딜리터라도 다 같은 딜리터가 아니라고. 강치우 소설가가 뒤에 있는 게 맞아, 그렇지?"

"더스트맨 님. 한 번만 살려주세요."

"답을 피하는 걸 보니 예스라고 말한 거나 마찬가지네. 그렇게 알고 있을게. 이기동 씨는 이용당하고 있는 거야. 강치우가 어떤 인간인지 몰라서 그래."

"예?"

"음, 예라고 해줘서 고마워. 강치우도 딜리터란 건 알고 있었나? 아마 자네를 믿었다면 얘기해줬을 텐데.”

“디, 딜리터 일을 오래전에 했다고 들었어요.”

“자네 같은 딜리터가 아니고, 오리지널 딜리터라고. 나처럼 현실을 지우는 사람이라고.”

“강 작가님이요?”

“몰랐네. 역시 그랬어. 이기동 씨를 이용해먹은 거야. 자기는 뒤에 숨어서 온갖 걸 지우면서 가짜 딜리터를 내세워 남 뒤꽁무니나 쫓아다니게 하고 말야. 아주 질이 안 좋은 사람이야.”

“딜리터라고요? 진짜요?”

“거짓말 같은 건 안 해, 나는. 그런 능력은 진작에 지워버렸지.”

더스트맨이 손가락으로 휘파람을 불자 밖에 있던 남자가 안으로 들어왔다. 손에는 주사기가 들려 있었다. 이기동은 주사기의 용도를 곧바로 눈치챘다. 저항 없이 마취제를 받아들였고, 곧바로 잠이 들었다.

3 – 7

함동수의 사무실은 레스토랑의 축소본 같았다. 일관성이

라는 측면에서는 높은 점수를 받을 수 있는 인테리어 디자인이었다. 사무실 입구의 대형 로고와 비서실 테이블에 마련한 금색 장식품들을 보면서 강치우는 한숨을 내쉬었다.

사무실에서 함동수의 음성이 새어 나왔다. 문이 조금 덜 닫힌 건지 함동수의 윤곽이 조금 보이기도 했다. 누군가와 통화하고 있었다.

"네, 알았어요, 자꾸 소리지르지 마요. 내가 알아서 하고 있다니까. ……형님이야말로 내 마음을 너무 몰라준다. 영감탱이도 알고 보면 좋은 사람이라니까."

강치우는 정수기의 물을 마시는 척하면서 사무실과 좀더 가까운 곳으로 이동했다. 비서실 사람이 잠깐 신경을 쓰긴 했지만 바쁜 일이 많은 모양이었다.

"너무 그렇게 몰아붙이지 마요, 형님. 나도 중간에서 힘들어요. ……그 계획이라는 게 너무 무시무시하잖아. 그걸 내가 어떻게 해요."

강치우는 계속 물을 마셨다.

"그래요, 이따 만나서 얘기해요. ……이번에 좋은 제품 새로 들어왔다던데, 그거 구할 수 있어요? ……아, 그러면 나는 좋지."

전화를 끊는 소리가 들렸고, 강치우는 제자리로 돌아가 앉았다. 잠시 후 인터폰 소리가 들렸다.

"들어가시면 됩니다."

비서실에서 강치우를 안으로 들어가게 했고, 함동수가 웃는 얼굴로 맞았다. 함동수를 만나러 간다는 이야기를 듣고 양자인 대표는 당연히 화를 내며 반대했다. 함훈 회장을 만나는 것도 반대했는데, 이번에는 당당히 회사로 가서 함동수를 만난다는 이야기에 질색을 했다.

"대체 왜 그러는 거야? 전부 망치려고 일부러 그러는 거야? 강 작가, 이번 일 중요하다고 이야기했잖아. 나 한 번만 살려줘."

양자인 대표는 전화로 소리를 질러댔지만 강치우는 이유를 설명하지 않고 자신에게 맡겨달라고만 했다.

"망치려는 거 아니에요. 망칠 거면 글을 안 쓰는 게 편하지, 이제 와서 망쳐서 뭐 해요. 그냥 확실하게 하려는 것뿐이에요. 위험을 감수하고서라도 확인해야 할 게 있어요."

강치우의 단호한 말투에 양자인도 더는 우는소리를 하지 않았다. 함동수를 만난 다음 출판사로 찾아와달라는 부탁을 더할 뿐이었다.

"우리 유명한 강 작가님이 이렇게 회사로 오시니, 이상하게 반갑네요. 아니, 이상한 게 아니네. 내가 속마음을 다 털어놓은 사람이니까 반가운 게 당연한 거죠. 위스키 한잔하실래요?"

함동수가 콧수염을 만지작거리면서 말했다.

"아닙니다. 낮술은 별로 안 좋아해서요."

강치우가 소파에 앉으며 말했다.

"그럼 저만 한잔. 그날 기분 좋게 이야기했더니, 강 작가님 얼굴만 봐도 술 생각이 절로 나네."

함동수는 사무실 한켠에 있던 위스키 디캔터에서 한 잔을 그득 따랐다. 가볍게 낮술을 마신다는 사람치고는 지나치게 많은 양이었다.

"추가로 몇 개 여쭤볼 게 있어서 급하게 약속을 잡았습니다."

"그럼요, 추가해야지. 원래 사업이란 게 그렇습디다. 규모가 커지면 빈틈이 생긴단 말야. 내가 그날 말을 많이 했으니 궁금한 게 더 많아졌겠지."

"그날 이렇게 말씀하셨어요. '내가 진짜 돈을 많이 벌게 되면 제일 먼저 개발하고 싶은 게 뭔지 알아? 인간을 급속 냉동시키는 기술이야. 영원히 죽지 않는 사람을 만들 거야.' 기억나십니까?"

"기억나지. 그날 한 말은 전부 진심이라니까."

"아주 인상적이었어요. 죽음에 대한 대표님의 생각은...... 뭐랄까, 좀 신비로운 데가 있거든요."

"신비? 어떤 면에서?"

"내세를 믿으세요?"

"사후 세계? 그런 게 어디 있어."

"종교도 없죠?"

"여기저기 알아봤는데 나하고 맞는 분은 없더라고."

"그날 이런 말도 하셨어요. '죽음이 언제나 내 코앞에 있다.' 기억나세요?"

"내가 그렇게 멋진 말을 했어?"

"멋진 말 많이 했죠. '죽음은 아무리 겁을 줘도 뒤돌아서는 법이 없어, 언제나 눈싸움을 먼저 걸어오고, 내가 먼저 도망쳐' 같은 말도 했어요."

"막판에 내가 좀 취했을 때 한 말이었나보다. 기억이 안 나."

"급속 냉동 기술 없이도 죽음을 미룰 수 있다면 어떻게 하시겠어요?"

"그런 기술이 있으면 당장 투자해야지. 당연히 총알을 다 쏟아부어야지."

함동수는 강치우의 말을 진지하게 듣지 않았다. 첫 번째 위스키를 모두 마시고 잔을 다시 가득 채웠다. 술이 조금 취한 탓도 있지만, 강치우가 하는 말의 무게를 잘못 받아들이고 있었다. 위스키를 홀짝거리면서 싱글싱글 웃기만 했다.

강치우는 위스키가 놓여 있는 곳으로 걸어가서 위스키 디캔터를 집어 들었다. 디캔터 병을 기울여 위스키를 바닥으로 조금씩 부었다. 짙은 갈색의 액체가 폭포처럼 아래로 떨어졌다. 함동수의 눈이 동그래졌지만 너무 놀라서 입 밖으로 어떤 말도 새어 나오지 않았다.

"함동수 대표님, 이거 보이시죠? 생명은 이렇게 흐르는 겁니다."

"뭐, 뭐 하는 짓이야, 강 작가."

"경사가 급해질수록 위스키가 쏟아지는 속도가 빨라지겠죠? 나이를 먹는다는 건 점점 경사가 급해지고 빠른 속도로 생명이 빠져나간다는 얘깁니다. 이걸 막을 수 있을까요?"

"무슨 얘길 하는 건지 모르겠어."

디캔터에 들어 있던 위스키가 순식간에 모두 바닥으로 떨어졌다. 바닥이 흥건하게 젖었다.

"자, 이 상태가 죽음입니다."

강치우는 비어 있는 디캔터를 손가락으로 가리키면서 말했다.

"그, 그래, 알겠어. 비어 있으면, 그게 죽음이지. 그런데?"

함동수가 위스키 잔을 테이블 위에 내려놓으면서 말했다.

"함 대표님 위스키를 좀 빌릴 수 있을까요?"

"그, 그래. 가져가."

강치우는 함동수가 마시던 위스키를 디캔터에 조심스럽게

다시 담았다. 디캔터에 담아보니 적은 양이었다.

"다시 생명을 얻었네요."

"그, 그러네."

"자, 그럼 다시 생명을 흐르게 해보겠습니다."

"다시?"

강치우는 위스키 디캔터를 좀 전처럼 다시 기울였다. 위스키가 다시 바닥으로 떨어지려는 순간, 왼손에 들고 있던 함동수의 잔으로 위스키를 받았다. 갈색 위스키가 유리잔에 투명한 소리를 내며 담겼다.

"위스키 디캔터가 텅 비어 있으니 이건 생명이 끝난 걸까요? 위스키가 바닥에 떨어지지는 않았으니 아직 살아 있는 걸까요?"

"강 작가 말대로라면, 위스키를 디캔터에 다시 부으면 살아나는 거 아닐까?"

"맞습니다. 제가 하려는 이야기가 이겁니다. 집중을 못하시는 것 같아서 도구를 좀 이용해봤어요."

"어, 그래, 강 작가, 집중이 잘되네. 그래서 하고 싶은 이야기가 뭐야?"

"이곳을 알고 있습니다."

강치우는 왼손에 들고 있던 위스키 잔을 높이 들었다. 위스키가 찰랑거렸다.

"그런 곳이 있다고?"

"네, 있습니다. 저하고 같이 가보시겠어요?"

"어쩐지 위험할 것 같은데?"

"제가 안내해드릴 겁니다."

"좀 자세하게 설명을 해야 할 것 같은데? 이건 뭐 제주도 여행 같이 가자는 정도로 얘기하니까 어디까지 믿어야 할지 모르겠어."

"그 정도로 생각하시면 됩니다. 보안상 자세한 이야기는 해드릴 수가 없습니다. 결정만 하시면 됩니다. 제가 드릴 수 있는 이야기는 여기까지입니다."

"나한테 이 이야기를 하는 이유는?"

"좋은 병원을 추천해드리는 정도로 생각하시면 됩니다. 그날 함 대표님의 이야기가 제 마음을 흔들었거든요. 대표님은 제가 아는 그 누구보다 죽음을 잘 이해하고 계십니다. 대표님이 술에 취하고 싶은 이유, 마약에 중독된 이유, 인생을 낭비하고 싶은 이유를 저는 압니다. 사람들은 대표님이 철없다고 이야기하고, 가업을 이어받아야 하는 부담감에 짓눌렸다 이야기합니다. 그게 아니란 걸 저는 알죠. 죽음을 떼어버릴 수가 없는 겁니다. 도망치고 싶은데, 녀석이 너무 빨리 쫓아오는 겁니다. 맞서 싸우고 싶지만, 녀석은 실체가 없죠. 저는 대표님을 도울 수 있습니다."

"양자인 대표에게 고맙네."

"네?"

"강 작가를 만나게 해줘서 고마워. 살아오면서 이렇게 나를 이해해준 사람은 강 작가가 처음이야."

"제가 말씀드렸잖아요. 저는 그저 양념을 뿌리는 사람이라고요. 재료는 함 대표님이 다 준비하신 겁니다."

"좋아요. 강 작가를 믿어. 어떻게 하면 되는 거야?"

"그래도 조금은 생각할 시간을 드리겠습니다. 제주도 여행하러 가는 정도라고 말씀하셨는데, 그보다는 조금 더 힘든 일이 될 수도 있습니다. 유럽 여행 정도로 생각하시죠. 내일 아침까지 마음의 결정을 하신다면 준비해보겠습니다. 준비하는 데도 시간이 조금 걸리거든요."

"알겠어. 생각해볼게."

"그리고요."

강치우가 나가려다 말고 돌아서며 말했다.

"응, 말해."

함동수가 고개를 들며 말했다.

"중간에서 힘들다고 한쪽에다 대고 말하는 건, 중간에 있지 않기 때문입니다."

"그게 무슨 말이야?"

"두 나라가 전쟁을 합니다. 중립국의 위치는 어디일까요? 전쟁의 한가운데일까요? 아뇨, 전쟁 바깥에 있습니다. 만약 그럴 용기가 있다면 중간에 있지 말고 밖으로 나오세요."

"응? 아까 내가 통화한 걸 들은 거야?"

"어쩌다보니 그렇게 됐네요. 함 대표님이 바깥으로 나오고 싶다면, 진짜 중립국이 되고 싶다면, 제가 빼드릴게요. 그만 가보겠습니다."

강치우는 가벼운 목례를 한 다음 밖으로 나왔다. 얼이 빠져서 인사도 제대로 받지 못하는 함동수가 어떤 생각을 하고 있을지 추측해보았다. 여러 가지 경우의 수를 생각할 수 있을 것이다. 제안을 진심으로 받아들일 수도 있고, 강치우의 뒤를 밟게 해서 의도를 파악해보려 할 수도 있고, 가장 쉬운 상대인 양자인 대표를 압박하는 방법도 있을 것이다. 강치우는 서둘러 출판사로 향했다.

강치우는 노크도 하지 않고 양자인 대표의 사무실 문을 열었다. 양자인은 직원 세 명과 회의를 하고 있었다. 직원들은 강치우를 반기며 인사했지만 양자인은 그럴 마음의 여유가 없었다. 직원들을 내보내고 양자인이 대뜸 소리를 질렀다.

"왜 그래 진짜, 강 작가 때문에 내가 수명이 단축되고 있어."

"오래 살아서 뭐 해요. 적당하게 살다 죽는 게 좋지."

"세상 편하게 말하네. 함동수는 왜 만나러 간 건데?"

"직접 얼굴을 봐야 결정을 할 수 있을 것 같아서요."

"무슨 결정? 이제 와서 포기하게? 함훈 회장하고는 이야기 잘됐다고 그러지 않았어?"

"제가 들어가려고요."

"어딜 들어가?"

"방법을 알게 됐어요. 딜리팅하는 사람도 들어갈 수 있어요."

"설마······"

양자인은 말을 잇지 못했다. 어떤 걸 물어봐야 하는지 알고 있었지만 돌아올 답이 두려워서 차마 입을 열 수 없었다. 강치우는 고개를 숙이고 테이블 아래를 바라보고 있었다. 흔들리는 눈빛을 보여주지 않겠다는 의지 같았다.

"오늘 책점 뭔지 알아요?"

"묻는 걸 보니 심각하게 나쁜 건가보네."

"양쪽 페이지의 문장이 하나로 이어지는 건 드문 일인데, 오늘이 딱 그랬어요. 계시 같은 거죠. 왼쪽 페이지에는 이렇게 적혀 있어요. '자, 이제 알아들었겠지?' 오른쪽 페이지에는 이렇게 이어져요. '컴퓨터로 뭔가 해볼 거야.' 의미심장하죠?"

"그게 뭐가 의미심장해? 컴퓨터로 하는 일이라고는 소설 쓰는 것밖에 없으면서."

"그러니까 의미심장하죠. 대표님에게 부탁드릴 일이 있어요."

"부탁하지 마, 안 들어줄 거야. 어딜 들어가느니 이런 얘기 꺼내지도 마. 알았어, 내가 잘못했으니까 함훈 회장 건은 없던 걸로 해. 내가 책임지고 해결할게. 끌어들여서 미안해."

"늦었어요."

"뭐가 늦어, 안 늦었어. 늦는 건 없어. 내 앞에 이렇게 있는 데 뭐가 늦어. 계속 소설 쓰고 베스트셀러 만들어서 나 부자 되게 해줘야지."

"영원히 사라지는 게 아니에요. 다시 나올 수 있어요. 방법을 알아냈다니까요."

"못 나오면? 확실한 것도 아니고, 해본 것도 아니잖아. 내가 강 작가 마음 모를 것 같아? 하윤 씨 그렇게 보내고 나서 죄책감 때문에 그러는 거잖아."

"처음엔 그랬죠. 그런데 이젠 아니에요. 대표님한테 얘기 안 한 게 있어요."

"뭐가 또 더 있는데?"

"그동안 여분 레이어를 볼 수 있는 사람을 찾아 헤맸는데,

드디어 찾아냈어요. 이름은 조이수. 그 사람은 여분 레이어에서 모든 걸 찾아낼 수 있어요. 그리고 저하고 그 사람이 힘을 합하면, 레이어를 나누거나 투명하게 하거나 통합할 수 있을 거예요. 그 말은, 하윤이를 여기로 다시 데려올 수 있다는 뜻이에요."

"강 작가도 확신을 못하잖아. 그러다 못 돌아오면? 강 작가도 영원히 여분 레이어에 머물러야 하면?"

"돌아올 수 있어요. 이번에도 저를 믿어봐요."

"함동수하고 같이 들어가야 하는 거야?"

"혼자 들어갈 수는 없어요. 딜리팅되는 사람을 따라 들어가는 수밖에 없어요."

"난 왜 이렇게 불안할까?"

"불안한 게 당연하죠. 그래도 믿어줘요. 대표님은 여기에 남아서 도와줄 일이 있어요. 대표님이 조이수 씨를 돌봐주세요."

"조이수 씨는 어디에 있는데?"

"제 작업실에서 살고 있어요. 내일 낮에 작업실로 와주겠어요? 제가 조이수 씨를 소개해드릴게요."

"강 작가, 나하고 약속 하나만 해줘."

"말씀하세요."

"지금 결정하지 말고 오늘밤에 한번 더 고민하겠다고 약속

해줘."

"약속할게요."

"그냥 건성으로 대답하지 말고 진짜로."

"네, 알겠어요. 저의 모든 인생을 걸고 오늘밤에 다시 한번 고민할게요. 내일 작업실에서 봬요."

강치우는 대답을 듣지 않고 밖으로 나왔다. 양자인의 말처럼 즉흥적인 결정이기도 했다. 조이수와 상의를 한 것도 아니었다. 조이수의 손을 잡았을 때, 눈앞에 완벽한 어둠이 펼쳐지고 그 속에서 무언가 꿈틀거리는 걸 발견했을 때, 어떤 가능성을 느낄 수 있었다. 어렴풋하게만 알고 있던 다른 차원의 실체에 대해서 몸으로 처음 느낀 순간이었다. 조이수가 도와준다면 가능할 것 같았다. 양자인의 말처럼, 강치우는 다시 돌아올 수 없을지도 몰랐다. 영원히 레이어에서 살아가야 할지도 몰랐다. 여분 레이어가 어떤 세계인지 강치우는 잘 알지 못한다. 그곳에서의 삶이 어떠한지, 죽음은 또 어떤 의미인지 전혀 알지 못한다. 평행우주 같은 곳인지, 천국이나 지옥 같은 곳인지 짐작도 할 수 없다. 짐작만으로 소하윤을 보냈던 곳인데, 이제는 아무런 짐작도 할 수 없는 자신이 무책임하게 느껴졌다. 짐작할 수 없어 두렵고, 돌아오지 못할까봐 겁이 났지만 오직 하나의 생각만 하기로 했다. 강치우는 반드시 소하윤을 데려오고 싶었다.

　강치우는 이기동에게 전화를 걸었지만 받지 않았다. 강치우는 택시를 타고 이기동의 스튜디오로 향했다.

4장

딜리터 자신을 딜리팅하는 일은 신중하게 결정해야 한다. 딜리터 자신을 딜리팅하는 일은 금지되어 있으나 다음과 같은 상황에서는 부분적으로 허용된다.

1. 딜리터의 생명을 위협할 만한 상황이 발생한 경우.

2. 딜리팅 과정에서 문제가 발생하여 딜리터가 해결해야 할 경우.

3. 딜리터가 더이상의 딜리팅 의지를 지니지 아니하여, 자신을 소멸하고 싶은 경우.

단, 딜리터는 자신을 도와줄 수 있는 사람을 구해야 한다. 딜리팅 이후의 세계를 볼 수 있는 능력을 지녔거나 딜리팅 과정을 완벽하게 제어해줄 수 있는 사람이어야 한다.

— 『딜리터 묵시록』 중에서

4 - 1

배수연과 이윤기는 오재도 형사를 기다리면서 커피를 마시고 있었다. 손님이 많지 않은 프랜차이즈 매장이었다. 노트북으로 공부하는 대학생 한 명이 손님의 전부였고, 아르바이트 학생 두 명은 핸드폰을 보고 있었다. 배수연과 이윤기는 말없이 각자의 핸드폰을 보면서 오재도가 오기만을 기다렸다. 가끔 고개를 들어 입구를 보았지만 문이 열리는 일은 없었다.

경찰서로 찾아가는 것보다는 밖에서 만나는 게 솔직한 이야기를 나누는 데 도움이 될 것 같았다. 전날 이윤기는 흥분 가득한 목소리로 배수연에게 전화를 걸었다. 복구한 노트북에서 소하윤의 다이어리를 찾아냈고, 그 속에는 강치우의 이름이 여러 번 언급되어 있었다. 메모장의 글에서도 강치우의 이름이 자주 등장했다. 강치우가 소하윤의 실종과 상관있음을 드러내는 증거라고 확신했다. 오재도가 카페로 들어서자 배수연이 손을 높이 들어서 알은척했다.

"수연 선배, 오랜만이네."

오재도가 자리에 앉으며 인사를 했다.

"야, 너는 얼굴이 점점 좋아진다."

배수연이 손을 내밀어 악수를 했다.

딜리터

"좋아지긴요. 얼굴이 썩어가는데. 무슨 일이에요?"

"시간 없으니까 단도직입적으로 물어볼게."

"무슨 소리야. 선배는 늘 단도직입적이었지."

"실종자 중에 소하윤이라고 기억나?"

"알죠. 육 개월 전에 사라진."

"그럼 강치우라고 전 남친도 기억나?"

"아, 그 재수없는 소설가 새끼?"

"기억력 좋네?"

"내가 또 재수없는 새끼들은 잘 기억하잖아. 언젠가 복수해야 하니까. 그런데 그놈은 왜요? 소환했던 거 어떻게 알아?"

"소하윤을 마지막으로 만난 건 실종되기 한참 전이라고 하지 않아?"

"어? 그랬던 것 같아요."

"만약 그게 거짓말이고, 실종되기 전 날에도 두 사람이 만났다면?"

"그럼 잡아 족쳐야지. 어떻게 알아낸 건데?"

"자, 그럼 지금부터는 여기 전담 조사원께서 브리핑을 해주실 거야."

배수연은 옆에서 두 사람의 대화를 가만히 지켜 듣고 있던 이윤기를 소개했다. M&F 모임 회원이며, 동생이 얼마 전에 사체로 발견됐단 이야기를 듣더니 오재도가 곧바로 사건을 기억해냈다.

이윤기는 그동안 자신이 소하윤의 실종 사건을 비공식적으로 조사해왔음을 밝히며, 강치우를 의심하여 그의 뒤를 미행하게 된 과정을 자세하게 설명했다. 강치우는 평소에 소설을 거의 쓰지 않으며 사람을 만나는 일이 많았다는 이야기, 어떤 여자와 동거를 하고 있는데 그 여자는 거의 모습을 볼 수 없었다는 이야기, 자인 서점 사무실에서 뭔가를 꾸미고 있는 게 분명하다는 이야기, 소하윤의 노트북을 복원하여 그 속에 든 자료를 확인하게 된 이야기까지 했다.

"노트북에서 뭘 발견했는데요?"

"이런 게 있었습니다."

이윤기는 글씨로 빼곡한 종이를 오재도 앞에 내놓았다. 소하윤의 메모를 인쇄한 것이었다.

나쁜 꿈. 치우 씨에게 전화했다. 전화를 끊고 보니 새벽 두시였다. 사람들을 괴롭히고 있다. 내가 없어지면 편하게 살 수 있는 사람들.

치우 씨 말을 듣기로 했다. 그렇지만 거기에 뭐가 있을까? 기대가 되지 않는다. 내일이 기대되지 않는다.

새벽 다섯시, 죽음이 내 앞까지 왔다. 치우 씨 말이 들려왔다.
죽음을 따라가지 마. 다른 길이 있어.
치우 씨의 말. 거기엔 고통이 없대.
그런 곳이 어디 있어. 고통이 없는 것도 문제다. 나는 고통을
받아야 하는 사람인데?
일반 전화는 쓰지 않고, 비밀 메신저로만 통화를 하고 있다.
스파이가 된 느낌이다. 이 노트북도 언젠가 폐기되겠지. 누
구에게도 전달되지 못하는 글을 쓰는 마음은 의외로 편안
하다.
며칠 동안 치우 씨에게 떠오르는 모든 이야기를 했다. 후련
한가? 아니, 그것보다는 미안하다.

　소하윤의 글을 모두 읽은 오재도는 한숨을 내쉬었다. 확실
한 것은 강치우가 거짓말을 했다는 것이다. 소하윤은 실종되
기 일주일 전에도 강치우를 만났고, 통화했고, 이야기를 나누
었다. 그러나 거짓말을 입증할 수 있는 자료는 불법 복원되었
고 소하윤이 쓴 글이란 사실을 특정할 수도 없었다.
　"이 자료가 중요한 게 아니고요, 형사님. 제가 만나 뵙자고
한 이유는요, 강치우가 새로운 일을 꾸미고 있다는 겁니다."
　"새로운 일?"

"이런 말씀 드려도 되는지 모르겠지만……"

"됩니다. 묻지 말고 그냥 이야기해요."

"제가 강치우 주변 도청을 좀 했는데요."

"왜 안 그러셨겠어요. 원래 수연 선배가 불법적인 일 좋아해요."

"이번 주 금요일에 작업을 한다는 말을 들었습니다."

"무슨 작업?"

"그건 정확히 못 들었습니다. 누구에겐가 전화를 걸면서 금요일에 작업을 할 거니까 준비해두라는 말을 했어요."

"금요일이면 사 일 후네요? 무슨 작업일 거라고 생각해요?"

"제 생각으로는 소하윤 씨가 당한 일과 상관있지 않을까 싶습니다. 너무 나간 상상 같기도 한데, 어쩌면 공범이 있는 연쇄살인이거나 종교적인 제의 같은 게 아닐까 싶습니다."

"그렇게 생각하는 이유는?"

"몇 주 동안 강치우를 따라다녀봤는데요, 소설가라고 하기에는 가만히 앉아서 글을 쓰는 법이 거의 없고요, 찜찜한 구석이 많습니다. 분명히 뭔가 숨기고 있다는 생각이 듭니다. 저의 직감 같은 겁니다."

"수연 선배 생각은 어때요?"

"나도 강치우를 잠깐 봤어. 소하윤 이야기를 꺼냈는데 필요

이상으로 피하는 느낌을 받았어. 사생활이라면서 피하는데 내 눈을 보질 못하더라고. 나도 뭔가 께름칙하긴 한데, 마땅히 증거도 없고 해서 너를 찾아왔지."

"나흘 후라…… 가장 간단한 방법은 나흘 후에 강치우를 따라다니는 거네. 정보가 정확하다면 뭐라도 건지겠지."

"정보는 정확합니다. 확신합니다."

오재도는 두 사람과 헤어지고 경찰서로 돌아가면서 건방지게 말하던 강치우의 얼굴을 떠올렸다. '비밀이 묻혀 있는 곳이 여기서는 잘 안 보이네요'라며 비웃듯 말하는 입이 떠올랐다. 여자친구를 찾게 해주겠다는 경찰에게 지나치게 적대적이었던 태도가 마음에 걸렸다. 경찰에게 호감을 느끼기 쉽지는 않겠지만, 강치우에게는 그 이상의 경계 같은 게 있었다.

"강치우 씨, 내가 잘 보이도록 파헤쳐주지. 비밀이 묻혀 있는 곳."

오재도가 중얼거렸다.

4-2

스튜디오는 텅 비어 있었다. 문이 잠겨 있지 않았을 때부터 강치우는 뭔가 문제가 생겼음을 직감했다. 이기동이 문을 잠그지 않은 경우를 본 적이 없었다. 모든 불이 켜져 있는 걸로 봐서 침입자가 있었던 게 분명했다. 강치우는 스튜디오 구석구석을 다니면서 흔적을 찾았다. 엑스 자 입의 미피 수면등은 바닥에 널브러져 있었다. 촬영 스튜디오에는 여러 가지 소품들이 어질러져 있었다. 수면실로 가는 커튼은 활짝 열려 있었다. 이기동과의 마지막 통화 때 함훈의 약 이야기를 했고, 측근을 섭외하고 있다고 했고…… 또 어떤 이야기를 했는지 잘 기억나지 않았다. 강치우는 소파에 앉아서 주변을 둘러보았다. 누군가 침입해서 이기동을 데려간 게 확실했다. 함동수가 일을 벌일 것 같지는 않았다. 함훈 역시 대놓고 이기동을 납치하지는 않았을 것이다. 오래전에 앙심을 품은 사람이 아니라면, 함동수의 친구들일 가능성이 컸다. 함훈의 표현대로라면 '양아치들'이 일을 벌였을 가능성이 있다. 함동수의 지시와는 상관없이 이런 일을 벌일 수 있는 사람들이라면 앞으로도 위험 요소가 될 게 분명했다.

강치우는 조이수에게 전화를 걸어 도움을 구했다. 조이수는 이기동의 스튜디오로 올라오는 입구에서 잠깐 멈춰 섰다.

"스튜디오 입구에서 이상한 기운을 느꼈는데, 역시 맞네요."

조이수가 강치우에게 눈인사를 하면서 말했다.

"이상한 기운요?"

강치우가 물었다.

"단서는 좀 찾았어요?"

"누군가 침입해서 데려간 게 분명해요. 이 친구한테 맡긴 일이 있는데, 그것 때문인 것 같아요."

"자주 전화해서 일을 부탁하던 그 사람 맞죠?"

"이상한 기운이란 건 무슨 말이에요?"

"더스트맨이에요. 그 사람 기운이에요. 입구에서부터 느껴졌어요."

"전에 얘기했던 딜리터?"

"네. 저보고 꺼지라고 했던 그 사람요."

"딜리터의 기운을 느껴요?"

"네. 강치우 씨 처음 만났을 때도 바로 알아봤잖아요."

"그거야 눈앞에 있는 걸 알아본 거고…… 지금은 실체가 없는데도 기운을 느꼈잖아요. 나중에 내가 사라져도 흔적을 찾을 수 있겠네요?"

"정확하지는 않지만 아마 그럴걸요. 지금은 이 사람 찾는데 집중하시죠. 이기동이라고 했죠?"

"네, 맞아요."

조이수는 바닥에 떨어져 있던 미피 수면등을 테이블 위에 올려놓았다. 미피 수면등을 자세히 들여다보았다. 그 속에 비밀이 들어 있기라도 한 것처럼 만지고 쓰다듬었다.

"뭐가 보여요?"

강치우가 물었다.

"귀여워요. 그런데 귀 한쪽이 깨졌어요."

조이수가 토끼의 귀 부분을 매만지면서 말했다.

"이기동이 좋아하던 수면등이에요. 뭐라더라, 보고 있으면 잠이 잘 온다고 했나. 만지면 잠이 잘 온다고 했나."

조이수는 선글라스를 고쳐 쓰고 미피의 두 귀를 붙잡은 채 눈을 감았다. 후각이 발달한 개가 물건의 냄새를 맡고 있는 듯한 모습이었다. 조이수는 깨진 부분을 손끝으로 매만졌다.

"사물이든 사람이든 상처가 있는 부분에는 기억이 매달려 있거든요."

조이수가 말했다.

"궁금하네요. 상처가 어떤 식으로 보이는지. 형상으로 보여요? 아니면 에너지의 형태로 보여요? 흑백이에요, 컬러예요?"

"텍스트의 형태로 보여요. 이야기가 흘러나오는 거죠. 마치 소설을 읽는 것처럼 상처가 보여요. 전자책처럼 글씨가 허공에 적혀요. 아니에요, 거짓말이에요. 그렇게 보이면 좋겠다고 생각했거든요. 말로 설명할 수 없는 에너지의 형태로 보여요.

저는 그걸 제 식대로 해석하는 거고."

"조이수 씨 그거 알아요? 요즘 점점 거짓말이 창의적으로 바뀌고 있어요. 처음에는 상황을 모면하려고 했던 거짓말이라면, 이제는 거짓말을 즐기고 있는 게 느껴져요."

"소설을 많이 읽어서 그런가봐요. 전에는……"

조이수가 이야기를 하다 말고 얼굴을 찡그렸다.

"왜 그래요?"

강치우가 물었다.

"더스트맨이 강 작가님을 알고 있네요."

"어떻게요?"

"그건 모르겠지만, 여분 레이어에다 이기동의 핸드폰을 딜리팅했어요. 우리가 올 거란 걸 알고 있었어요. 저에 대해서도 알고 있는 것 같아요. 여분 레이어에 핸드폰을 넣어두고 지도 앱을 켜뒀네요. 이걸 볼 수 있으면 여기로 찾아오라는 얘기예요."

"딜리터는 여분 레이어를 볼 수 없으니까 지도의 위치는 이수 씨에게 보내는 메시지네요. 위치가 어디예요?"

"잠깐만요."

조이수는 여분 레이어에 있는 핸드폰을 더 가까이 보기 위해 눈을 더 세게 감으면서 집중했다. 눈 안쪽으로 더 넓고 깊은 세상의 지도가 펼쳐졌다. 표시해둔 위치가 조금씩 선명해졌다. 더스트맨이 표시해둔 곳은 인적이 드문 시 외곽의 야산이었다. 일단은 근처로 이동한 후에 다시 위치를 파악하기로 했다.

"택시 부를래요?"

조이수가 대충 위치를 설명한 후에 강치우에게 말했다.

"차를 타고 가는 게 편하겠죠."

강치우가 말했다.

"차 없잖아요?"

"있어요. 작업실 지하 주차장에 고이 모셔둔 차가 있죠."

"운전할 줄 알아요?"

"핸들을 붙들고 액셀러레이터를 밟는 건 할 수 있어요."

"어쩐지 불안한데요?"

강치우는 지하 주차장에 있던 자동차의 덮개를 벗겼다. 검은색 SUV가 잠들어 있었다. 강치우는 시동을 걸어서 자동차를 깨운 다음 내비게이션에 위치를 입력했다. 오십 분 거리였다.

"출발할게요."

"운전석에 앉은 강 작가님 보는 게 어색하네요. 운전하는 거 싫어해요?"

"전에는 좋아했죠. 어느 순간부터 차를 타는 게 싫더라고요."

"어느 순간부터요?"

"모든 일에 결정적인 계기가 있는 건 아니에요. 어느 순간 이란 건, 특정한 사건의 순간을 이야기하는 게 아니라 부지불식간에, 나도 모르게, 살다보니, 이런 어법이······"

"설명이 긴 걸 보니 설명문이시네."

"뭐요?"

"사람들마다 말투가 있잖아요. 설명 많이 하는 설명문, 논리적인 척하는 논설문, 감탄 많이 하는 의성어 인간······"

"그거 제가 쓴 책에 나오는 이야기 아니에요?"

"맞아요. 기억하시네요."

"제가 쓴 건데 기억하죠. 제가 쓴 글로 공격받게 될 줄은 몰랐네요. 이래서 글쓰기는 위험하다니까."

"여기서 우회전하래요."

"저도 보고 있습니다. 내비게이션."

책에 나온 이야기들을 주고받다보니 어느새 목적지에 도착해 있었다. 등산로가 보이는 갓길에 차를 세운 다음 조이수는 다시 여분 레이어에 집중했다. 등산로는 폐쇄되어 있었고, 앙상한 나무들이 두 사람을 내려다보고 있었다. 조이수가 눈을 감고 지도로 들어가려는 순간, 강치우가 작은 탄성을 질렀다.

"여기 낯이 익다 했더니……"

"여기가 어딘데요?"

"사고가 난 곳이에요."

"무슨 사고요?"

"하윤이 가족들 교통사고 난 곳."

"소하윤 씨 가족들 사고하고 더스트맨이 관계가 있다는 얘기예요?"

"여분 레이어에 뭐가 있는지 봐요."

조이수는 눈을 감았다. 한낮의 햇살이 선글라스에 부딪혔다. 도로는 통행량이 많지 않았고, 가끔 지나가는 차들은 무시무시한 속도로 SUV를 스쳐지나갔다. 바람과 진동 때문에 차가 흔들린다는 느낌이 들 정도였다. 조이수가 눈을 떴다.

"아이 씨, 진짜."

조이수가 선글라스를 벗고 두 손으로 눈을 비볐다.

"왜 그래요?"

"여기 맞아요. 하윤 씨 가족이 교통사고 난 곳. 그리고 가해자의 증거를 여분 레이어로 딜리팅해놓았어요."

"우릴 왜 여기로 부른 거죠?"

"증거를 지운 사람이 더스트맨이고, 그걸 사주한 사람이……"

"함동수."

"네."

"바보 같네요. 함훈이 함동수 교통사고 이야기를 했는데, 연결시키질 못했네요. 더스트맨은 우릴 왜 여기로 불렀을까요?"

"속죄?"

"이제 와서? 게다가 인질범을 데려다 놓는 방식으로? 이기동은 대체 어디 있을까요?"

"제가 찾아볼게요."

조이수는 자동차 밖으로 나가서 등산로를 따라 산으로 올라갔다. 강치우도 그 뒤를 따랐다. 더스트맨이 보여준 정확한 위치는 도로가 아니라 산속 공간이었다. 마른가지들에 찔리면서 조이수는 앞으로 나아갔다. 정확한 위치를 알지는 못하지만 일단 가보는 게 중요했다. 가보지 않으면 찾을 확률은 제로가 되어버리니까. 새소리가 허공에서 울려 퍼졌다. 인간을 경계하는 듯한 눈치였다. 머리 위를 맴도는 새도 있었다. 강치우는 바닥에 난 흔적을 찾으면서 걸었다. 사람을 끌고 갔다면 확실한 궤적을 남겼을 것이다. 두 사람이 한 시간을 찾아 헤맨 끝에 작은 동굴 하나를 발견해냈다. 맹수가 숨어 지낼 것 같은 으슥한 동굴이었다. 강치우는 핸드폰의 플래시를 켜서 안을 비추었다. 작은 신음이 들려왔다. 그 속에 이기동이 누워 있었다.

강치우는 재갈을 풀고 손목을 결박한 끈을 끊었다.

"바, 바, 반갑습니다. 어, 어, 엄청."

이기동이 평소보다 심하게 더듬으며 말을 꺼냈다.

"어떻게 된 거야?"

강치우가 이기동을 부축해서 일으켰다. 입고 있던 겉옷으로 이기동을 감쌌다.

"제, 제, 제가 끝까지 강 작가님 이름을 안 꺼냈거든요. 저는 진짜로 지켰습니다."

"알겠어, 잘했어."

"더, 더스트맨이 저를 이리로 데려왔어요. 운이 좋으면 강 작가님이 찾으러 올 거라고요. 만나면 이 말을 전하라고 했어요."

"무슨 말?"

"『딜리터 묵시록』 마지막 장을 알고 있다고요. 저한테 마지막 장은 안 보여주셨잖아요. 마지막 장이 뭐예요?"

4 - 3

와인의 겉모습은 기름과 크게 다르지 않다. 끈적끈적하게 흘러내리고, 짙은 색이며, 매캐한 향이 난다. 어떤 사람은 그걸 달콤한 향이라고 부르지만 함훈에게는 아니었다. 함훈은 주유소에서 자신의 입지를 다졌고, 음식과 와인을 팔아 성공을 쌓아올렸다. 도시가 만들어지던 초창기, 목욕탕과 주유소에 대한 규제가 심했다. 목욕탕은 물을 많이 쓰기 때문이었고, 주유소는 기름을 많이 팔기 때문이었다. 과소비하면 안 되는 두 가지 원재료이기 때문에 영업소 거리 제한까지 생겼다. 젊은 함훈은 제한을 기회로 보았다. 주유소의 이권을 차지할 수만 있다면 경쟁 상대 없이 안정적인 수익을 챙길 수 있었다. 현금으로 장사를 하는 곳이었고, 기름이 필요한 자동차는 점점 늘었다. 주유소 사업이 레드 오션으로 바뀌고 주유소 간 거리 제한도 없어질 때쯤 함훈은 음식 사업으로 방향을 바꾸었다.

함훈은 유명 화가가 그린 고가의 주유소 그림을 자신의 서재에 걸어두었다. 붉은색 주유기 세 대가 나란히 서 있고, 직원이 주유기에서 막 기름을 뽑아내려는 장면을 그린 작품이다. 함훈은 주유기의 붉은색이 마음에 들었다. 그림은 함훈의 인생을 압축해 보여주고 있었다. 기름과 와인. 붉은색에서 붉은색이 흘러나오는 인생.

서재 문을 두드리는 소리에 함훈은 생각에서 깨어났다. 방

문객이 왔다는 신호였다. 함훈은 책상 위에 있던 서류를 한쪽으로 치우고, 와인을 한 모금 마셨다.

"회장님, 다녀왔습니다."

더스트맨이 말했다.

"그래, 고생했어. 앉아서 한잔하지."

함훈이 와인을 잔에 부어주며 말했다.

"강치우가 현장에 도착했고, 이기동을 수거해갔습니다. 조이수도 함께 있었고요."

"아, 그 여분 레이어를 본다는 아가씨?"

"네. 아마 지금쯤 강치우도 진상을 알게 됐을 겁니다."

"DM은 강치우를 만난 적이 있나?"

"아뇨."

"궁금하지 않나? 자신하고 같은 능력을 지닌 사람."

"글쎄요. 어쩐지 만나면 안 될 것 같은 생각이 든달까요. 만나면 둘 중 하나는 사라져야 할 것 같은⋯⋯"

"두려운가?"

"아뇨, 두렵긴요. 솔직히 말씀드려서 부럽긴 하죠."

"부럽다⋯⋯ 어떤 점이?"

더스트맨은 한동안 말을 잇지 못하고 와인을 마셨다. 손가락으로 와인 잔의 매끈한 곡선을 매만지기만 했다. 한 번도 해본 적이 없는 말이라서 어떻게 해야 할지 몰랐다. '부럽다'는 말을 뱉은 이상 솔직한 마음을 표현하고 싶은데, 정확하게 그 마음을 설명하는 일은 힘들었다. 말들이 혀 끝에서 맴돌기만 하고 밖으로 나가지 못했다.

"저에게 부족한 점은, 이야기를 듣지 못한다는 겁니다. 강치우는 사람들의 이야기를 듣고, 그걸로 글을 써서 돈도 벌고, 인간을 딜리팅하는 능력까지 얻었죠."

"강치우는 오히려 그런 능력을 힘들어하던데?"

"그런가요? 저는 어릴 때부터 끈기가 부족하다는 소리를 많이 들었습니다. 이것저것 재능은 많았지만 한 가지에 집중하질 못했어요. 운동도 잘했고, 악기 연주에도 소질이 있었고, 글쓰기 상을 받은 적도 있습니다. 저의 가장 큰 단점은 저를 너무 사랑한다는 겁니다. 다른 사람을 사랑하는 법을 배우지는 못했고, 다른 사람의 이야기는 잘 듣지 못합니다. 그런데도 호기심이 너무 많았고, 궁금하면 무조건 해봐야 하는 성격이라, 지금의 제가 되고 말았죠."

"나에겐 퍽 다행스러운 일이네요. 지금의 DM은 내게만큼은 엄청나게 소중한 존재니까."

"그렇게 말씀해주시니 감사합니다."

"동수 그 녀석에게도 감사한 마음이 생긴다니까. 자동차 사고가 없었다면 DM을 만나지 못했을 테니까. 동수 주변 친구들은 어떻게 정리되고 있어?"

"대부분 떨어져 나간 상태고요, 남은 친구는 거의 없습니다. 마약을 공급해주는 놈이 하나 있는데, 그거야 친구라기보다는 아드님의 혈관에다 빨대를 꽂은 모기 같은 존재죠."

"빨리 모이는 친구들이 빨리 흩어진다더니, 우리 아들이 그런 사람이었네."

"친구들이 중요한 역할을 하긴 했죠. 아드님을 각성시켰달까요. 아무 생각 없던 아드님이 이제는 아버지를 사라지게 할 수도 있다는 가능성을 떠올렸으니까요."

"시작이 절반이란 말이 맞아요. 가능성을 떠올리는 것만으로도 위험도가 절반 이상 생겨버리는 것이니까 말야. 싹을 자른다는 말은 잘못된 말이지. 싹이 나면 이미 다 자란 거나 마찬가지니까. 아예 싹이 자라나지 못하게 해야지."

"강치우에게 사건 현장을 보여준 것도 그런 의미시겠죠? 강치우의 마음속 분노의 싹을 키워서 딜리팅을 확실하게 하려는?"

"호오…… DM이 내 마음을 알아주니 고맙네. 삶의 연결 고리란 건 참 신비해요, 그렇죠? 아들이 죽인 가족, 피해자의 유일한 유가족 소하윤, 소하윤의 남자친구 강치우, 강치우가 가진 능력을 원하는 나, 그렇게 이어진 운명. 그런 생각을 해봐요. 아들 녀석이 교통사고를 일으키지 않았더라면 어땠을까, 녀석과 나는 잘 지낼 수 있었을까, 녀석이 마음을 다잡고 나의 후계자가 될 수 있었을까, 어떻게 생각해요?"

"일어날 일은 일어난다고 생각합니다."

"교통사고가 없었더라도 마찬가지였을 거다?"

"네. 제 생각은 그렇습니다. 아드님은 방치된 폭탄입니다. 그런 폭탄은 본인의 의지로 터지는 게 아니라 외부의 충격에 의해서 터지는 겁니다."

"맞는 말이네. 강치우가 어떻게 나올 거라고 생각해요? 딜리터끼리는 서로 통하는 게 있지 않을까? 내 제안을 너무 고분고분 받아들인 것 같아서 찜찜하네."

"저하고는 전혀 다른 사람이라서요. 하지만 강치우 입장에서는 물러설 이유가 없다고 봅니다. 아드님 이야기를 전부 들었으니까 딜리터로서의 의무를 저버리기 힘듭니다. 게다가 회장님과도 약속을 했고 이제는 아드님이 전 여자친구의 가족을 죽였다는 것도 알게 됐으니까요. 사람을 죽이는 일이라면 몰라도 다른 차원으로 보내는 일이라면 그렇게 망설일 필요가 없다고 봅니다. 아드님이 사라져서 누군가 뜻밖의 이익을 보지도 않습니다. 회장님이 가지고 있던 걸 계속 회장님이 가지고 있게 되는 것이죠. 다만 한 가지⋯⋯"

"한 가지?"

"아드님이 딜리팅의 의미를 알아차린 다음에 어떻게 반응하실지⋯⋯"

"그건 강치우가 방법이 있다고 했어요."

"어떤 방법일지 궁금하네요."

"내일이면 알게 되겠지. 그래서 카메라를 설치해두라고 했어요."

"카메라요? 강치우가 허락할 리가 없을 텐데요."

"모르게 해야지. 이렇게 중요한 일이 은밀한 지하실에서 벌어지는데, 아무것도 모른 채 믿고 맡길 수는 없지. 그래서 내일 DM의 도움이 필요하기도 한 거고."

더스트맨은 함훈의 눈을 보았다. 거기에 뭐가 있는지 가늠할 수 없었다. 한없이 선량하고 중후한 노인의 모습도 있었고, 순간순간 번뜩이는 살기도 느낄 수 있었다. 아들이 좋은 곳에서 행복하기를 바라는 마음도 보였고, 자신의 마음에 들지 않는 것은 모조리 다른 곳으로 치워버리기를 바라는 독선도 보였다. 더스트맨은 더이상 자세히 들여다보고 싶지 않았다. 의미를 해석하고, 상황을 분석하는 건 성미에 맞지 않았다. 더스트맨은 함훈이 가진 돈이 좋았고, 곁에서 그걸 누리고 싶었다.

더스트맨은 와인 한 잔을 다 마시고 '그날 뵙겠다'는 짧은 인사를 두고 함훈의 사무실에서 나왔다. 누추한 방으로 돌아오자 좀 전까지 있던 사무실과 비교되어 더욱 남루해 보였다. 이기동의 스튜디오와 비교해도 마찬가지였다. 요양원에 있는 어머니에게 들어가는 돈과 대학 다니는 쌍둥이 딸에게 주는 돈만 아니라면 조금 더 나은 공간으로 옮길 수 있을 테지만, 현재로서는 세 사람을 돌보는 것이 자신의 마지막 임무 같다는 생각이 들었다. 더 나은 공간을 꿈꾸지 않았다. 더스트맨은 어머니가 세상을 떠나고 딸들이 독립할 때쯤의 모습을 떠올려보았다. 상상하기가 힘들었다.

어머니의 병세가 나빠지기 시작한 것은 칠 년 전이다. 더스트맨은 어머니를 딜리팅해드리고 싶다는 생각을 자주 했다. 강치우라는 존재를 알고, 그가 『딜리터 묵시록』에서 봤던 존재란 것을 알았을 때, 달려가서 부탁하고 싶었다. 여기에서 나가게 해달라고, 고통 없는 다른 차원이 있다면 그곳에서 살게 해달라고 빌고 싶었다. 더스트맨 역시 시도를 하긴 했다. 어머니와 대화를 나누고 그 이야기를 종이에 적어 어머니를 다른 차원으로 보내고 싶었다. 대화는 번번이 막혔고, 더스트맨은 아무것도 기록할 수 없었다. 『딜리터 묵시록』에는 선택받은 자만이 기록할 수 있다고 되어 있었고, 그 말이 맞았다. 더스트맨이 지울 수 있는 것은 기껏해야 범죄 현장의 흔적이나 살인의 증거뿐이었다. 같은 딜리터라고 해도 감히 넘볼 수 없는 능력이었다.

딜리팅 능력을 이용해 처음으로 범죄에 가담했던 때가 떠올랐다. 한밤에 벌어진 살인 사건 현장이었다. 더스트맨은 '클리너'라는 역할을 수행했고, 조직의 사람들로부터 극찬을 받았다. 모든 증거는 완벽하게 사라졌다. 증거와 함께 자신의 일부도 사라진 느낌이었다. 피 묻은 칼과 지문 범벅의 집기들을 딜리팅하면서 무언가 잃어버린 것 같았다. 사례는 넉넉했다. 그 돈에는 공범이 된 자를 위한 보상도 들어 있었다. 그날 이후 더스트맨은 여러 사건의 공범이 되었고, 범죄자가 숨을 수 있는 은닉처가 되었다. 사람들은 그를 더스트맨이라 불렀다. 사건을 해결해줄 때마다 적지 않은 돈을 받았고, 어머니를 좀더 나은 요양병원으로 모셨다. 딸들의 집을 학교와 가까운 곳으로 옮겨주었다. 자신을 위해 돈을 쓰고 싶지는 않았다.

딜리터로서의 능력을 확인하기 전까지 그는 가구 공장에서 일했다. 성실한 직원이었다. 어머니를 병원에 입원시키면서 자영업을 시작했다. 프리랜서 딜리터라는 직업을 알게 됐고, 운명처럼 그 일에 매달렸다. 고객의 의뢰를 받고, 물품을 폐기해주는 일이었다. 더스트맨은 『딜리터 묵시록』을 처음 읽던 날을 지금도 기억하고 있다.

사후 딜리팅을 의뢰한 노인은 함훈과 비슷한 나이였다. 백발 아래 형형한 눈빛이 여전히 생생하게 떠올랐다. 눈이 컸고 매서웠다. 죽을 사람 같아 보이지 않았다.

"죽으면 이 물건들을 보관해주겠습니까?"

노인이 눈으로 상자를 가리키며 물었다.

"아뇨, 보관은 하지 않습니다, 딜리터는."

더스트맨이 대답했다.

"그쪽이라면 믿고 맡길 수 있을 것 같아서 그럽니다. 그냥 없애버려도 상관없고요. 이 상자 안에 뭐가 들었는지 궁금하지 않습니까?"

"전혀 궁금하지 않은데요. 타인의 삶에 큰 관심이 없어서 이런 일을 잘할 수 있죠. 저 같은 사람은."

"아쉽네요."

"맡기시겠습니까?"

"맡기죠. 하나만 여쭤볼게요. 딜리터님은 죽은 사람들이 다 어디로 간다고 생각합니까?"

"어디론가 꼭, 가야 하나요?"

"여기에서 없어지잖아요. 여기에 없다는 건 어디론가 갔다는 뜻 아닐까요?"

"그냥 없어지는 걸 수도 있죠."

"고대 그리스인들은 이렇게 생각했어요. 원래의 인간은 팔이 넷, 다리가 넷, 머리 하나에 얼굴이 둘이라고. 아주 행복한 상태였지. 완전해 보였어요. 행복한 인간을 보고는 신들이 걱정을 하기 시작했어요. 너무나 완벽해서 자신을 숭배하지 않게 되지 않을까. 인간이 인간을 숭배하는 일이 생기지 않을까. 원래 신들은 걱정하는 걸 좋아하잖아요. 걱정쟁이 신들은 인간을 반으로 쪼갰습니다. 둘로 나뉜 인간은 비참하게 떠돌게 되었다는 이야기입니다."

"평생의 반쪽, 운명의 반쪽, 뭐 그런 이야기입니까?"

"그렇게 해석하는 사람도 있죠. 저의 해석은 조금 다릅니다. 들어보겠어요?"

"이야기해보시죠."

"신이 인간을 둘로 쪼갠 건 맞습니다. 그렇지만 신의 의도는 인간이 인간을 숭배할까봐 그런 것이 아니었어요. 여분의 존재를 남겨둔 것이죠. 요즘 말로 하자면 절반의 인간을 평행우주에다 백업해둔 거예요. 완전한 상태로 살아가는 것보다는 불완전한 상태로 살아가는 게 인간에게 낫다고 생각한 겁니다. 뒤를 보지 못하고, 팔은 두 개뿐이고, 다리도 둘밖에 없지만 인간은 부족한 걸 보충할 수 있는 지혜가 생겼죠. 만약 우리의 지혜를 더욱 확대할 수 있다면 다른 우주에 있는 나의 반쪽을 발견할 수도 있을 겁니다."

"살다 살다 그런 억지 주장은 처음 들어봅니다."

"주장이 아닙니다. 가능성이지."

"상자는 고객님의 사망을 확인한 후 폐기될 것입니다. 저는 고객님의 집으로 들어가서 상자를 가져올 것입니다. 상자 안의 내용물은 확인하지 않으며 그 누구에게도 유출되지 않을 것입니다."

"네, 알겠어요. 부탁합니다. 마음 같아선 지금 폐기하고 싶지만 조금 더 정리를 해두고 싶어요. 나중에 보시면 알겠지만 분량이 방대하거든요."

"안 볼 건데요?"

"아, 맞다, 안 본다고 하셨죠? 자신의 미래를 너무 가둬두지 마세요."

"고객님, 계속 이렇게 딴소리를 하실 거면 의뢰를 받지 않겠습니다."

"알겠어요, 알겠어."

더스트맨은 일을 맡았고, 몇 달 지나지 않아 노인의 바이탈 신호가 멈추었다. 상자를 가지고 와서 폐기 작업에 돌입했다. 더스트맨은 상자가 신경 쓰였다. 상자를 열지 않았더라면 지금쯤 어떻게 살아가고 있을까? 돈을 많이 벌지는 못했겠지만 범죄에 연루되는 일은 없었을 것이다. 아니, 돈이 없다면 살아 있지 못했을 수도 있다. 어머니의 병원비를 마련하지 못해, 딸들의 등록금을 마련하지 못해 극단적인 선택을 했을지도 모른다.

상자에는 『딜리터 묵시록』이라는 책자가 들어 있었고, 딜리팅을 하는 방법이 쓰여 있었다. 책자에는 '누구나 시도해볼 수 있지만 아무나 딜리터가 될 수 있는 것은 아니다. 소수의 선택받은 자만이 물건을 다른 차원으로 옮길 수 있다'고 적혀 있었다. 더스트맨은 그대로 따라 했고, 자신이 선택받은 딜리터라는 걸 알 수 있었다. 아마도 노인은 그의 정체를 간파하고 상자를 넘겼을 것이다.

더스트맨은 자려고 누웠지만 생각이 꼬리를 물고 계속 나타났다. 생각은 쉽게 딜리팅하기 힘들었다. 더스트맨은 누운 채로 콜라를 마셨다. 탄산이 몸밖으로 나오기 위해 빈틈을 찾고 있었다. 입을 꾹 다문 채 참아보았다. 입구를 찾지 못한 탄산은 천천히 사그라들며 소멸했다. 더스트맨은 콜라 캔을 두 손으로 잡고 눈을 감았다. 딜리팅의 주문을 조용히 되뇌자 콜라 캔은 현실에서 사라졌다.

처음으로 딜리팅에 성공했던 때가 생각났다. 텔레비전 리

모컨이었다. 손에 쥐고 있던 리모컨의 무게가 점점 가벼워지
더니, 손끝의 감각이 무뎌지면서 솜사탕을 쥐고 있는 것 같았
다. 물건이 사라지는 장면을 보기 위해 눈을 뜨면 딜리팅은 이
뤄지지 않았다. 엄청난 집중력과 에너지가 필요한 작업이었다.
리모컨을 딜리팅하고는 하루종일 잠을 잤다. 잠에서 깨어났
더니 리모컨이 사라진 게 실감이 났다.

　잠이 오지 않았다. 며칠 후면 많은 것이 바뀔 것 같다는 예
감이 들었다. 불길한 예감이기도 했고, 설레는 기대감이기도
했다. 더스트맨은 새벽 두시가 넘어서야 겨우 잠에 빠져들었다.

4 - 4

　강치우는 중요한 딜리팅을 앞두고 경건한 마음으로 책점을
보았다. 오랫동안 좋아하던 책을 펼쳤고, 마음을 다해 갈피를
펼쳤다. 왼쪽에는 이런 문장이 있었다.

　뻥 소리는 나지 않았다. 샴페인은 죽었기 때문이다. 뭐 그런
거지.

오른쪽에는 이런 문장.

모든 것과 모든 사람을 새것처럼 만들어놓았다.

샴페인의 죽음과 새로운 부활이 나란히 놓인 것은 좋은 징조라고 생각했다.

4–5

등장인물

강치우(딜리터)

함동수(치보 레스토랑 대표, 함훈의 아들)

함훈(함인 그룹 회장)

양자인(자인 출판사, 자인 서점 대표)

이기동(딜리터)

조이수(픽토르)

더스트맨(딜리터)

배수연(M&F 대표)

이윤기(M&F 회원)

오재도(형사)

　자인 서점의 지하실. 두 개의 계단이 눈에 띈다. 1번 계단은 자인 서점 일층으로 이어지고, 2번 계단은 외부로 나갈 수 있는 통로다. 바깥으로 나가는 문에는 'Exit'라는 글자가 큼지막하게 적혀 있다. 한쪽 벽면의 책장에는 수백 권의 책과 시디와 엘피가 빼곡하게 꽂혀 있다. 한가운데에는 이 미터 길이의 널찍한 책상과 의자 네 개가 덩그러니 놓여 있고, 싱크대 옆에는 기다란 바 테이블이 있다. 그 위에는 포터블 시디플레이어, 커피 머신, 전기 주전자, 간식 바구니가 놓여 있다. 창문은 없다. 바 테이블 옆에는 커다란 제습기가 웅웅거리면서 작동하고 있다.

　1번 문이 열리고 강치우, 양자인, 조이수가 걸어 내려온다. 지하실에 세 사람의 발소리가 울려 퍼진다. 생각보다 소리가 커서 세 사람 다 놀란 눈치다.

양자인

강 작가 오랜만에 들어와보는 거겠다. 어때요? 변함이 없지?

강치우

(책장에 꽂힌 책과 시디를 눈으로 둘러보면서)

변함없이 습하고, 황량하고, 스산하고 그렇네요.

올 때마다 연극 무대에 오르는 느낌이에요.

양자인

어머, 알아봐주니 고맙네.

내가 대학 때 연극했잖아. 무대도 직접 만들었어.

그런 분위기로 연출한 거지. 이수 씨는 어때요?

조이수

(주변을 둘러보면서)

네, 뭐, 미니멀하네요.

양자인

(입을 삐죽거리면서)

그게 다야? 미니멀? 답변도 너무 미니멀하다.

강치우

이수 씨는 원래 미니멀한 거 엄청 좋아해요. 칭찬인 겁니다.

함동수 씨는 언제 오기로 했어요?

딜리터

지금 출발했대. 강 작가, 이번 일 정말 너무 미안하고 고맙
고…… 앞으로 내가 잘할게. 그런데 대체 함동수 씨한테는
어떻게 얘기한 거야?
정면 승부하는 거 보고 깜짝 놀랐잖아.

강치우

정면 승부는 아니었어요.
알잖아요, 저 정면 승부 싫어하는 거.
(2번 문 옆에 달린 시시티브이를 보면서)
그런데 저기 시시티브이는 뭐예요? 전에는 없었던 것 같은데?

양자인

(살짝 머뭇거리는 말투)
아, 그거. 법률적으로 지하 공간에 방화 시설이랑 시시티브이가
설치되어야 한다고 해서 가짜로 달아놓은 거야. 지난번에 소방
점검 나왔을 때 지적받아서 이번에 설치한 거야.
스프링클러는 진짜로 설치한 거고.

조이수

(시시티브이를 빤히 올려보면서)

저거 가짜 아닌데요? 실제로 카메라 달렸어요.

양자인

어, 가짜라는 건 녹화가 되지 않는다는 뜻이고,

카메라는 달렸지.

내가 강 작가랑 딜리팅하는 게 몇 번인데, 이걸 녹화해.

영상 유포되면 나도 끝장이야.

강 작가, 나 믿지?

강치우

대표님을 믿지는 않지만, 상황은 알죠.

딜리팅 장면이 공개되면 나보다 대표님 타격이 더 클 테니까.

조이수는 의자에 앉아서 주위를 둘러본다. 전에 살던 집과 비
슷하다는 생각을 한다. 계단이 두 개인 것만 빼면, 책이 많은 것만
빼면, 지하실이라는 것만 빼면 공간의 기운은 비슷하다. 냉랭하고
습한 공기가 무겁게 내려앉아 있다. 공간의 냄새와도 곧 친숙해진
다. 이미 와본 듯한, 오랫동안 여기서 살아온 듯한 공간이다. 조이
수는 눈을 감는다. 지하여서 그런가, 여분 레이어가 잘 보이지 않

딜리터

는다. 딜리팅을 하는 공간이어서 그럴지도 모른다. 1번 문을 열고 계단을 내려와서 2번 계단을 밟고 올라가 2번 문을 열고 나가면 현실에서 사라진다. 이곳은 그렇다면 연옥쯤 되는 것일까. 현실 레이어와 여분 레이어의 사이에 있는 곳. 조이수는 눈을 더 세게 감아본다. 가느다랗게 여분 레이어의 틈이 보이는 것 같다.

함동수가 1번 문을 열고 들어온다. 함께 들어오던 비서를 돌려보낸다. 비서는 멈칫거리면서 어쩔 줄을 몰라 하다가 결국 일층 서점에서 기다리겠다면서 돌아선다.

함동수

(목소리를 애써 높이면서)

와, 여기 이런 데가 있었네. 여기 뭐예요? 연극 무대예요?

내가 여기에서 대사를 읊으면 되는 건가?

죽느냐, 사느냐……

강치우

(말을 잘라내면서)

이쪽은 오늘 일을 도와줄 조이수 씨라고 합니다.

함동수

반가워요. 외국 이름 같네, 조이스, 제임스 조이스.

다크서클이 엄청 진하시다,

비타민 E를 챙겨드세요. 그게 좋대요.

조이수

다크서클 아니고 권투 시합하다가 멍든 거예요.

3회전에서 케이오승 했는데,

왼쪽 옆구리에 훅을 제대로 날렸거든요.

거짓말이에요.

함동수

뭐요? 거짓말? 특이한 분이시네.

양자인

그럼 전 이만 올라가볼게요.

강 작가님, 함 대표님, 두 분이서 창조해내는

멋진 이야기 기대할게요.

함동수

딜리터

오늘도 이야기를 창조해내는 거였나?

아무튼 고마워요, 양 대표.

강치우

함 대표님, 여기 와서 음악 하나 골라볼래요?

배경으로 쓸 음악을 직접 고르셔야 합니다.

함동수

아, UFC 등장 음악처럼 주제곡을 고르는 건가? 내가 음악 취향

이 좀 까다로운 편인데, 그걸 맞춰줄 만한 노래가 있으려나.

어디 보자…… 오 옛날 음악도 많네. 이걸로 할게.

강치우

티렉스. 〈일렉트릭 워리어〉 앨범이네요.

함동수

티렉스 좋아해요?

강치우

좋아하죠. '겟 잇 온' 좋아합니다.

함동수

'코스믹 댄서'가 최고지.

강치우

그걸로 틀어드릴게요.

함동수

내가 고등학교 때 밴드한 건 몰랐지?

보컬을 맡았는데 그때 티렉스 음악을 자주 불렀어.

어울리지 않아? 마크 볼란이랑 비슷하지 않아?

강치우

(함동수의 말을 듣지 않고 책장에 있는 서류 뭉치를 뽑는다)

지금부터 방식을 설명해드릴게요. 이건 함동수 대표님의 이야기

를 정리한 파일입니다.

확인하셨죠? 문제가 있으면 지금 말씀하셔야 합니다.

함동수

문제없어. 다 내가 얘기한 건데, 뭐.

강치우

좋습니다. 이 문서를 제가 읽어나갈 겁니다.

함 대표님은 1번 문, 저기 보이죠, 1번 문? 저기로 나갔다가 다시 들어옵니다. 직접 고른 티렉스 음악이 흐르고 있을 겁니다.

계단을 내려와서 이 책상에 앉습니다. 제가 읽는 이야기를 들으면서 앉아 있다가 신호를 받으면,

여기 있는 문서 파일을 들고 2번 계단을 통해 2번 문으로 나가면되는 겁니다. 제가 대표님 뒤를 따라갈 겁니다.

조이수 씨가 문서를 계속 읽어줄 거고요.

질문 있습니까?

함동수

별로 과학적이어 보이지는 않는데? 사이비 종교 같아.

강치우

과학적이란 말은 안 했는데요? 믿지 못하면 안 해도 됩니다.

그런데 손해 볼 건 없잖아요.

그냥 1번 문으로 들어와서 2번 문으로 나가면 됩니다.

함동수

등장과 퇴장을 하라는 거네. 연극 무대에서.

강치우

그렇죠. 연극처럼.

조이수

보통 연극 무대는 백스테이지가 있어서 뒤로 돌아서 1번 문으로
돌아갈 수 있지만, 여긴 연극 무대가 아니기 때문에 다시 이쪽으
로 와서 1번 문으로 돌아가야 해요, 아니에요, 거짓말이에요.

함동수

거짓말이 취미예요?

조이수

반사 신경이에요. 내 안에 있는 뭔가를 건드리면
그냥 나오는 거예요, 신경쓰지 마세요.

함동수

신경이 쓰이네요.

강치우

준비되셨으면 음악을 틀겠습니다.

　강치우가 시디플레이어를 틀자 티렉스의 음악이 흘러나온다. 지하 공간에 음악이 가득찬다. 함동수는 음악에 잠깐 리듬을 탄다. 'Cosmic Dancer'란 노래다. 함동수는 일어나서 1번 계단을 통해 1번 문으로 나간다. 밖에서 대기하고 있던 비서가 인사를 한다. 문이 닫히고 다시 문이 열린다. 함동수가 1번 문으로 들어와서 1번 계단을 걸어 내려온다. 자리에 앉는다. 강치우는 앞에 놓여 있던 문서를 읽는다.

강치우

캥거루. 나의 이름은 캥거루다.

주머니가 달려 있고, 그 안에는 내 보물들이 들어 있다.

누구도 뺏지 못한다.

캥거루. 나는 달린다. 높이 점프하듯 달린다. 캥거루, 내가 너를

처음 보았을 때, 너는 부모에게서 버려진 존재,

주머니로 돌아가지 못하는 존재, 그렇지만 캥거루,

너는 높이 뛰어오를 수 있어.

나도 높이 뛰어오를 수 있어.

캥거루. 나는 캥거루.

이제부터 내 이야기를 시작할게.

함동수

뭐야, 들으니까 눈물날 거 같아.

강치우

아버지도 캥거루. 한 번도 나를 안아준 적이 없어. 팔이 짧아서
그랬나봐. 다리는 튼튼했어. 누구보다 빠르고 높이 올랐지만, 나
를 안아줄 팔은 짧았어.

이층 모니터실에서 지하실 화면을 보고 있던 함훈이 처음으로
소리를 낸다. 함훈 옆에는 더스트맨도 함께 있다.

함훈

날더러 캥거루라고 하네.

DM, 어떻게 생각해, 내 팔이 그렇게 짧나? 하하.

더스트맨

화면에 자꾸 노이즈가 생기네요.

258   딜리터

양자인 대표한테 연락해볼까요?

함훈

소리는 잘 들리니까 일단 놔둬봐요.

강치우

만약 다시 태어날 수 있다면, 나는 나무늘보로 태어날 거야. 매
달려서 버티는 걸 잘해볼 거야. 아버지한테 딱 한 번 매를 맞은
적이 있어.

강치우는 함동수에게 고개를 끄덕이면서 눈짓을 하고, 함동수
는 앞에 놓여 있던 문서 파일을 집어 든다. 두 사람은 일어난다. 2
번 계단을 향해 걸어간다. 조이수는 강치우가 읽던 내용을 이어
서 읽는다. 함동수는 2번 문을 연다. 티렉스의 음악이 점점 커진
다. 문밖은 환하다. 함동수는 멈칫거리면서 뒤에 있던 강치우를
돌아본다. 강치우는 함동수의 등을 토닥거린다. 앞으로 계속 가
라는 신호다. 함동수는 문밖으로 나서는 동시에 문 안으로 들어
선다. 빛이 두 사람을 감싼다. 두 사람의 눈앞에는 환한 빛뿐이다.
문밖에 있던 빛이 새어 들어와 시시티브이는 먹통이 되고, 모니터
실에서는 아무것도 볼 수 없다.

더스트맨

딜리팅 때문에 시시티브이 신호가 잡히지 않나봅니다.

함훈

그럼 내려가봐도 소용없겠네. 소리는 들리니까 계속 들어보지.

1번 문이 갑자기 열린다. 문 뒤에서 소란스러운 소리가 들리고, '비켜봐요' '방해하지 마세요' '들어가지 마세요' 이런 소리도 들린다. 문을 열고 나타난 사람은 오재도 형사. 그 뒤로 배수연과 이윤기의 모습도 보인다.

오재도

(문서를 읽고 있는 조이수에게 경찰 신분증을 보이면서)

경찰입니다.

강치우 씨를 소하윤 실종 사건 용의자로 긴급체포합니다.

배수연

분명히 소리가 들렸는데, 어딜 갔지?

이윤기

뒤져볼까요?

오재도

(조이수 앞에 선다)

강치우 씨 어디 갔습니까? 다 알고 왔어요.

비밀 통로 같은 게 있어요? 협조하지 않으면 범인은닉죄로 처벌

받을 수 있습니다.

조이수

강치우 씨가 왜 범인이에요?

배수연

얘기했잖아요. 소하윤 씨 실종 사건 용의자라고요.

조이수

소하윤 씨 실종된 거 아니에요. 잘 살고 있어요.

푸릇푸릇한 곳에서 웃으면서 살고 있으니까 걱정 안 하셔도 되

네요. 거짓말 아니에요.

이윤기

거봐요. 이 사람이 공범이라니까요.

오재도

다시 묻겠습니다. 강치우 씨 어디 있습니까? 어디로 갔어요.

조이수

(2번 문을 가리키면서)

가긴 저쪽으로 갔어요.

오재도가 2번 문으로 뛰어간다. 배수연과 이윤기도 뒤를 따른
다. 오재도가 문을 연다. 차들이 쌩쌩 달리는 도로다. 경적 소리가
들리고 소음 데시벨이 수십 배 올라간다. 오재도는 문 바깥의 도
로를 좌우로 살핀다.

오재도

젠장, 어디로 간 거야.

저기, 어디로 갔는지 빨리 말하세요. 혼자 간 거예요? 아니면 동
행이 있었어요?

조이수

저는 책 읽고 있는데요.

오재도

(조이수가 읽고 있는 파일을 슬쩍 본다)

이게 무슨 책인데요?

조이수

미출간된 책이에요. 대외비라서 자세한 내용은 알려 드리지 못하고요. 이걸 보시려면 압색 영장 있어야 되는 거 알죠? 진짜로, 소하윤 씨 실종된 거 아니라니까요. 신경 끄시고 다른 실종자나 열심히 찾아보세요.

함훈

DM, 내려가서 양 대표하고 정리 좀 해요.

여기까지 올라오면 내가 곤란해지니까.

더스트맨

(자리에서 일어나면서)

네, 알겠습니다. 문은 안에서 잠가주십시오.

다녀오겠습니다.

이윤기

저 문서에 강치우의 행적이 들어 있을 겁니다. 강치우는 뭐든 다 적는 사람이니까 분명히 흔적을 남겼을 겁니다.

조이수

그렇게 못 믿으시겠으면 제가 읽어드릴게요. 어떤 부분을 읽어드려야 하나. "혼자 잠들 때마다 무서운 꿈을 꾸었다. 세상이 모두 사라지고 나만 남은 꿈. 깨어나서 아빠에게 달려갔지만, 문은 잠겨 있었다. 고등학생이 되었을 때는 그 꿈을 좋아하게 됐다. 나만 남았다. 나는 죽지 않았다. 세상이 무너지고 망가지고 부서져도 나는 끝내 살아남았다. 내 꿈이니까 그렇겠지. 괴로울 때마다 잠을 잤고, 꿈을 꾸었고, 살아남았다."

오재도

사람을 놀리시네. 그래서 강치우 씨가 결백하다는 얘기예요? 은유적으로 그렇게 얘기하는 거예요?

조이수

저는 그냥 여기 있는 걸 읽었을 뿐인데요?

딜리터

양자인

(1번 문을 열고 나타나면서 소리를 지른다. 문이 다 열리기도 전에 소리부터 치고 들어온다)

이거 지금 남의 영업장에 들어와서 뭐 하시는 겁니까? 네? 경찰이면 아무데나 막 들어와도 되고 그래요? 우리 직원들 밀치고 들어왔다면서요? 소속이 어디인지 알아나 봅시다. 경찰 아저씨.

배수연

양자인 대표님, 강치우 씨가 여기로 들어가는 걸 봤어요. 강치우 씨가 소하윤 씨 실종 사건 용의자입니다. 여기에 증거가 다 있다고요. 평소에 강치우 작가랑 친하셨죠?

양자인

작가하고 출판사 대표하고 친한 게 이상한 일인가?

배수연

소하윤 씨라고 들어보셨어요? 강치우 작가 전 여자친구요.

양자인

이름은 들어봤죠.

배수연

이름만 들어본 게 아닐 텐데요. 소하윤 씨 노트북에서 양자인이
라는 이름이 몇 번 나왔는지 아세요?

양자인

한 번도 안 나왔겠죠. 만난 적이 없는데.

배수연

과연 그럴까요? 윤기 씨, 자료 좀 꺼내볼래요?

이윤기

네.

(가방을 열어보지만 찾는 게 보이지 않는다. 책 한 권 말고는
물건들이 전부 없어졌다. 어리둥절한 표정,
계속 가방 주머니를 뒤져보지만 보이지 않는다)

이게 어디 갔지?

배수연

복사는 해뒀죠?

이윤기

복사요? 아뇨. 유에스비도 거기 같이 들어 있었는데.

양자인

일단 나가시죠. 아무리 경찰이라도 이렇게 무단으로 침입하면
곤란한 거 아시죠? 일층에 올라가서 이야기하시자고요.

양자인이 세 사람을 밀면서 계단을 올라간다. 오재도는 조금 난
처한 표정, 배수연은 어이없는 표정, 이윤기는 당황하는 표정. 1번 문
이 열렸을 때 이기동이 안을 들여다보고 있다. 1번 문이 닫혔다.

조이수

(혼잣말)

계속 읽어야 하는데, 딜리팅이 제대로 된 건지 모르겠네.
여기서는 여분 레이어가 보이지도 않으니
확인할 수도 없고……
일단 계속 읽기나 해야겠네.
"숨이 잘 쉬어지지 않을 때가 있다. 평소에는 숨을 쉬고 있다는
생각을 하지 못하지만, 갑자기 숨쉬기 한 번이 지구를 드는 것만
큼 힘겹게 느껴질 때가 있다. 어떻게 쉬는 거더라? 어떻게 들이

마시고 내쉬는 거더라?"

조이수는 글 읽기를 멈춘다. 여분 레이어에서 무언가가 자신을 끌어당기고 있다는 걸 느낀다. 문서를 내려놓고 옆에 두었던 선글라스를 쓴다. 눈을 감는다. 눈을 힘껏 감는다. 현실 레이어에서 사라진 두 사람을 찾아야 한다. 그들은 여분 레이어에 잘 도착했을까.

4-6

『딜리터 묵시록』의 가장 마지막 항목은 이렇게 시작한다. "만약 딜리터가 여분 레이어에서 누군가를 데리고 나오고 싶다면 오직 한 사람만 가능하다." 누군가를 따라 들어갈 수 있고, 나올 때는 한 사람만 데리고 나올 수 있다. 이렇게 제한이 많다는 것은 그만큼 위험하기 때문일 것이다. 그렇지만 강치우는 주저하지 않았다.

지하실 계단에서 함동수의 등을 두드려주긴 했지만 강치우도 긴장하긴 마찬가지였다. 딜리팅은 자주 했지만, 직접 들어가보는 것은 처음이니까. 여분 레이어에 들어갔을 때 처음에는 강렬한 빛 때문에 눈을 뜰 수가 없었다. 빛에 익숙해지고 처음 본 풍경은 함동수가 사방에 손을 뻗으면서 허우적거리는 꼴이었다. 강치우는 함동수를 잡아주었다. 해상도가 높아지듯 주변의 풍경이 조금씩 선명해졌다. 픽셀이 채워지면서 이미지가 완성될 때의 모습과 비슷했다.

강치우는 태어나서 처음 보는 풍경에 가만히 서 있을 수가 없었다. 어지러웠다. 함동수의 어깨를 잡고 겨우 버틸 수 있었다. 포토샵에서 수많은 레이어를 투명하게 해놓았을 때의 모습과 비슷했다. 너무 많은 정보들이 겹겹이 쌓여 있었다. 건물에 비유하자면 일층에서 잠들어 있는 사람과 십층에서 달리기를 하는 사람이 겹쳐 보였다. 강치우는 집중해서 레이어를 하나씩 사라지게 해보았다. 처음에는 풍경만 어지러워지더니 얼마 지나지 않아 레이어를 하나씩 조절할 수 있게 됐다. 일단은 함동수의 레이어 빼고는 모두 사라지게 만들었다.

함동수는 새로운 환경에 적응하는 데 오래 걸렸다. 눈을 제대로 뜨지 못하고 고개를 계속 좌우로 저으면서 초점을 맞추려 애쓰고 있었다. 딛고 있는 바닥도 투명해서 공중에 붕 뜬 것 같은 느낌이었는데, 고소공포증이 있는 사람이라면 기겁을 할 만한 장면이었다. 함동수는 조금씩 레이어에 적응해 나갔다. 강치우는 함동수의 레이어를 볼 수 있었다. 함동수는 자신의 레이어만 볼 수 있었지만, 강치우가 수많은 레이어를 볼 수 있다는 사실은 알지 못했다.

"강 작가, 이게 다 뭐야? 이런 세상이 있어?"

"우리는 지금 여분 레이어에 들어온 거야. 현실 세계에서는 여길 볼 수 없지만, 지금 우리에겐 여기가 현실이지."

"처음에는 어지러웠는데, 점점 현실 같아. 여기가 어디지?"

"여기가 어디인지는 함동수, 네가 정하는 거야."

"어릴 때 살던 집이다. 주유소가 여기 있었고, 저쪽에 집이 있었어."

"기억나?"

"기억나. 아버지는 늘 저기에 서 있었어. 주유소 옆에서 손님을 기다리면서, 세차를 하면서."

"여분 레이어에 들어온 느낌이 어때?"

"뭐랄까, 꿈속에 들어온 것 같은데, 꿈보다는 훨씬 현실감이 강해."

"꿈은 아니야. 네 기억으로 주변의 공간을 재조립하는 거야."

"근데 강 작가, 아까부터 말투가 바뀌었네?"

"이제 더이상 너를 존대할 필요가 없으니까. 여긴 건너온 현실과 다른 현실이니까."

"그래, 뭐, 친구 같고 좋네. 여기서 나는 뭘 해야 하지?"

"뭘 하고 싶은데?"

"그냥 쉬고 싶어. 여기저기 구경 다니면서."

"쉬어, 그럼. 네 옛날 집 주변을 구경하면서. 난 잠깐 갔다 올 데가 있어."

"어딜?"

"함동수 씨, 미안하고 고마워."

"뭐가 미안해?"

『딜리터 묵시록』에 적힌 대로라면 강치우는 여분 레이어에서 최고 레벨의 관리자다. 딜리팅된 사람은 자신의 세계에만 머물고 다른 세계로 넘나들 수 없지만 딜리터는 누구든 만날 수 있고, 여러 개의 레이어를 쪼갤 수도 합칠 수도 있다. 한 번도 경험하지 못한 세계라서 강치우는 그게 가능한 것인지, 가능하다면 어떤 식으로 조작해야 하는지 알지 못했다.

소하윤을 딜리팅할 때만 해도 『딜리터 묵시록』의 마지막 장을 따라 하게 될 줄은 몰랐다. 대충 읽었고 염두에 두지 않았다. 『딜리터 묵시록』의 내용대로라면 거긴 고통이 없는 곳이니까, 아무 일도 생기지 않는 곳이니까, 세상을 지겨워하고 죽음으로 향하는 고속도로를 타고 싶어하는 소하윤에게 더 좋은 휴식처를 제공하는 것이라 생각했다. 후회할 일은 전혀 없을 것이라고 생각했다. 하윤이를 살리고자 한 일이니까, 지옥에서 꺼내주려고 한 것이니까.

소하윤을 여분 레이어로 보낸 다음날부터 강치우의 지옥이 시작됐다. 이전의 네 명에게는 그런 감정이 생기지 않았다. 아무 일도 생기지 않는 평온한 세상에서 평온하게 살고 있을 것이라 생각했다. 딜리팅했다는 사실을 잊어버릴 때도 있었다. 하지만 사랑하는 사람을 여분 레이어에 보내는 건 전혀 다른 이야기였다. 후회하지 않은 날이 없었다. 어떻게든 설득해서 현실에 함께 머물러야 했다.

강치우는 매일 밤 소하윤의 꿈을 꾸었고, 소하윤의 손을 잡으려는 순간 잠에서 깼다. 온몸이 땀에 흠뻑 젖어 물에 빠진 사람 같았다. 어떤 날은 소하윤을 데리고 레이어를 빠져나오기도 했다. '드디어 빠져나왔어' 돌아보면 얼굴은 보이지 않고 소하윤의 팔만 쥐고 있었다. 놀라서 팔을 던지면 손가락으로 엉금엉금 기어서 강치우를 쫓아왔다.

강치우는 소하윤을 돕는다고 생각했지만, 자신의 방식대로 소하윤의 마음을 짐작했다. 죽음을 생각하지 않는 날이 없다면, 하루의 모든 순간이 지옥 같고 초침 소리가 살갗을 찔러대는 흉기처럼 느껴진다면 떠나는 것 말고는 답이 없다고 생각했다. 소하윤이 여분 레이어에서 어떤 마음일지는 제대로 짐작해보지 못했다. 강치우는 소하윤을 보내고 매일 후회하면서 그걸 깨달았다. 어쩌면 강치우 자신이 떠나고 싶었던 것인지도 모른다. 비겁했다. 낭독회에서 '비겁한 작가'라는 말을 들었을 때, 강치우는 뭔가에 찔리는 듯한 통증을 느꼈다. 그래서 더 화를 냈을 것이다.

되돌릴 방법은 하나뿐이었다. 여분 레이어를 볼 수 있는 사람, 강치우가 여분 레이어로 들어가는 걸 도와줄 수 있는 사람을 구하는 것이다. 이기동이 조이수를 찾았다는 이야기를 듣고 강치우는 펄쩍펄쩍 뛰어다녔다. 『딜리터 묵시록』의 마지막 장은 딜리터가 직접 여분 레이어로 들어가는 것의 위험성에 대해 구체적으로 적어놓고 있다. 딜리팅 과정에서 문제가 발생하여 딜리터가 해결해야 하는 경우에도 여분 레이어에 들어가는 것을 허용하고 있으니 별문제가 없을 것이라 생각했다. 문제가 생긴 게 맞았다. 딜리터로서 매일 후회하고 있으니까.

강치우는 접어두었던 레이어를 모두 펼쳤다. 수많은 정보가 갑자기 다시 나타나 눈앞이 어질어질했다. 누군가 귀에다 기계를 설치해놓은 것처럼 '위잉' 하는 이명도 들렸다. 레이어 속에서 소하윤을 찾아야 했다. 겹겹이 쌓인 레이어를 살피는 요령이 점점 늘었다. 불필요한 레이어는 접어두고, 확인이 필요한 레이어는 체크해두고, 페이스트리처럼 겹겹이 쌓인 세상을 탐험하기 시작했다.

강치우는 레이어를 압축하고 분리하고 통합하는 기술을 빨리 습득했다. 『딜리터 묵시록』에 적힌 그대로였다. 레이어 속의 딜리터는 최고 관리자의 능력을 발휘할 수 있었다. 강치우는 많은 레이어를 재빨리 탐색했다. 수많은 레이어의 정보를 흘려보내고 흘려보내고 또 흘려보냈다. 레이어 속에는 사람의 형상도 있고, 나무나 빌딩도 있고, 사물도 많았다. 수많은 물체가 마치 우주의 별처럼 레이어 속에 둥둥 떠다니고 있었다. 햇빛 속에 드러난 먼지 같기도 했다.

수백 개의 레이어를 흘려보낸 후 마침내 소하윤이 머물고 있는 레이어를 찾아냈다. 소하윤은 숲속에 있었다. 작은 꽃나무의 이파리를 다양한 각도에서 관찰하고 있었다. 강치우는 멀리서부터 접근하기로 했다. 깜짝 놀랄 수 있으니까 천천히 걸어갔다. 간절하게 보고 싶었던 얼굴이 눈앞에 있었다. 꿈이 아니었다. 인기척을 느낀 소하윤이 고개를 들었고, 눈이 마주쳤는데도 놀라는 기색이 전혀 없었다. 사슴과 눈이 마주쳤을 때처럼 움직이지 않은 채 가만히 바라보기만 했다.

"오랜만이야."

강치우가 먼저 말을 건넸다.

"누⋯⋯구세요?"

소하윤이 눈을 크게 뜨고 말했다.

"나⋯⋯ 나, 나야. 치우. 강치우."

"강치우?"

소하윤은 고개를 앞으로 쭉 내밀면서도 몸은 전혀 움직이지 않았다. 꽃나무 사이에 푹 파묻혀 있었다.

"기억이⋯⋯ 안 나?"

"잠깐만, 잠깐만요."

소하윤은 방학 동안 밀린 일기 쓰기 숙제를 해치우는 아이처럼 시간을 빠르게 건너뛰어갔다. 과거에 머물러 있던 사람에게 미래가 갑자기 빠르게 밀려들었다. 기억은 사방에 흩어져 있다가 거대한 질량을 지닌 강치우라는 블랙홀 속으로 순식간에 몰려들었다. 기억은 기억과 충돌하여 합쳐지고, 작은 기억은 큰 기억에 달라붙었다.

"치우 씨."

임시 폴더에 들어 있던 몇 년 동안의 기억이 소하윤의 몸속에서 되살아났다. 소하윤이 그제야 몸을 일으켜 섰다.

"이제 기억났어?"

강치우가 안도의 숨을 내쉬며 말했다.

"시간이⋯⋯ 얼마나 흐른 거야?"

"현실의 시간으로는 몇 달? 내 몸의 시간으로는 몇 년? 너는 어떤데?"

"잘…… 모르겠어. 어제 같기도 하고 몇 년 같기도 하고. 하루라는 게 어느 정도의 길이인지 잘 모르겠어."

"미안해."

"뭐가 미안해?"

"너를 여기로 보내서."

"여기?"

"여분 레이어. 기억 안 나? 나한테 살았던 이야기를 다 해주고, 계단을 지나서 문을 열고 들어왔던 거?"

"아, 맞다. 그랬지. 신기하다. 즉석사진 찍고 나서 확인할 때처럼 기억이 조금씩 짙어지네. 이제 선명해."

"너를 데리러 왔어."

"나를?"

"돌아가자."

"어디로?"

"우리가 원래 있던 곳으로."

"원래 있던 곳……"

"나한테 한번 더 기회를 줘."

"여기에 있는 건 왜 나빠?"

"나쁘진 않아. 그냥 네가 너무 보고 싶어서. 너를 여기로 보내고 나서 오랫동안 힘들었어."

"왜 힘들었어? 치우 씨가 선택한 일이잖아."

"어떤 곳인지 모르는 곳에 너를 보냈으니까."

"치우 씨가 날 살린 거야."

"살렸다고?"

"그때 치우 씨가 날 여기로 보내지 않았더라면, 난 어디에도 없는 사람이 됐을 거야."

"널 보내지 말아야 했어."

"아냐, 나, 나빠 보여?"

"아니. 좋아 보여. 몸도 건강해 보이고, 얼굴빛도 맑고."

"응, 나 좋아. 몸도 건강하고."

강치우는 환하게 웃는 소하윤의 표정을 보면서 눈물이 났다.

"돌아가자. 돌아가서 내가 더 노력할게. 그리고, 나…… 알아냈어. 네 가족을 죽게 한 사람. 얘기해주고 싶었어."

"얘기해주지 않아도 돼."

"그 사람이 벌을 받아야 해. 잘못한 사람이 벌을 받아야 해. 네 잘못이 아니라고."

"여긴 시간이 이상하게 흘러서, 시간이 흐른다는 걸 잘 느끼질 못해. 생각하기에 참 좋은 곳 같아. 요즘 내가 무슨 연구

하는 줄 알아? 이 꽃의 이파리는 나선형으로 배열돼 있잖아. 진짜 절묘한 위치에 새 이파리가 생겨. 이파리끼리는 서로를 가리지 않아. 모든 잎이 햇빛을 받을 수 있도록, 하나도 그늘이 생기지 않도록 알아서 비켜주고 피해주는 거야. 신기하지? 이게 하나의 생명체처럼 보이지만 그렇지 않아. 부분이 모여서 전체가 되는데, 부분은 그 자체로 이미 전체이기도 해. 수많은 생명체가 집결해서 꽃나무 하나가 되는 거야. 개체가 아니라 군집이란 뜻이야. 여기 이 이파리 하나를 뜯으면 어떻게 되는 줄 알아?"

"새로운 녀석이 그 자리를 대신하는 거 아냐?"

"인간은 팔이나 다리 하나를 뜯어내면 그 자리에서 죽을 거야. 피를 많이 흘려서, 아니면 쇼크로. 그런데 꽃나무는 안 그래. 왜냐하면 수많은 개체들이 그 상처를 치유하기 위해 온 힘을 다해 서로 돕거든."

소하윤은 말을 끝내고 주저앉아 꽃나무를 한참 들여다 봤다. 손가락으로 잎을 어루만졌다. 대화를 나누는 것처럼 무언가 중얼거렸다. 강치우는 아무런 말도 건네지 못했다. 소하윤을 이 공간에서 현실로 이동시키는 게 옳은 일인가, 생각했다. 어쩌면 이곳에서라면 더 평온하게 살아갈 수 있을지도 모른다.

"돌아가서 그렇게 살자. 식물처럼, 이파리처럼."

강치우의 입에서 자신도 모르게 그 말이 튀어나왔다. 소하윤이 강치우를 보았다. 웃고 있었다. 오래전에 보았던, 아무런 일도 일어나지 않았을 때 보았던, 누군가 죽고 다치고 사라지는 일이 없었을 때 보았던 그 웃음이었다.

"식물처럼?"

소하윤이 사방에서 두 사람의 이야기를 듣고 있던 식물들을 돌아보며 말했다.

"네가 한 말을 정확하게 이해하지는 못했을 거야. 그런데 개체가 아니라 군집이라는 거, 그 말은 알겠어. 그렇게 살아가 보자."

"치우 씨는 참 대단해."

"뭐가?"

"사람들 말을 비웃지만, 잘 들어. 지겨워하는데도 끈기가 있고, 짜증을 많이 내는데 잘 웃어. 딴 사람들 사는 데 관심이 하나도 없는데, 그런데도 공감은 잘해. 차가운데 따뜻해."

"식물 같지는 않지."

"아냐, 식물 같을 때 있어. 아픈 건 아픈 거, 따로 떼놓고, 또 웃을 시간은 웃을 시간, 분리하면서."

"그런가?"

"난 그걸 잘 못했잖아."

"하윤이 너도 잘했어. 죄책감 때문에 그 방법을 잃어버린 거지. 돌아가면 돼. 예전으로 갈 수 있어."

"예전으로 가는 건, 이제 별로야. 그런데 나, 다음으로 넘어갈 수 있을 것 같기도 해."

"다음?"

"돌아가서 현실을 만나면, 난 가끔 또 아프겠지. 엄마 아빠 동생이 살던 집에 가면 생각이 나겠지. 기억들이 막 내 머릿속을 헤집어놓겠지. 어떤 순간이 되면 튼튼하게 자라던 이파리 하나가 툭 떨어질 거고, 어떤 이파리는 또 시들시들하겠지. 그때는……"

소하윤은 자신의 팔이 나뭇가지라도 되는 것처럼 축 늘어뜨렸다. 그러곤 바람에 흔들리듯 팔을 흔들었다. 손가락이 시든 이파리처럼 보였다.

"그때는?"

강치우가 걱정스럽게 물었다.

"그때는 치우 씨가 물을 줄 거야?"

소하윤이 장난스럽게 말했다.

"듬뿍. 아주 듬뿍 줄게."

"과습도 나빠."

"나 차가운데 따뜻하다며. 물을 많이 주는 것처럼 보여도 적당히만 줘."

"이렇게 치우 씨랑 얘기하니까 뭔가 중요한 걸 되찾은 기분이다."

강치우는 소하윤과 만나서 이야기를 나누는 게 얼마 만인지 생각했다. 어제 만난 사람 같기도 하고 수년 동안 만나지 못한 사람 같기도 했다. 소하윤의 말처럼 중요한 걸 되찾은 느낌이 들었다. 소하윤이 레이어에서 보낸 시간에 대해 강치우에게 상세히 설명했다. 강치우는 소하윤의 이야기를 조용히 들었다. 어린 시절에 놀았던 동네, 추억 많았던 놀이공원, 아빠 회사에 놀러갔던 날의 풍경, 온 가족이 외식을 하다가 배탈이 났던 식당…… 시간과 공간을 압축해서 강치우에게 들려주었다. 소하윤은 행복해 보였다.

"내 말 들려요? 들리면 고개를 끄덕여봐요."

강치우의 귓속으로 이상한 목소리가 잠입해왔다. 집중해보니 조이수의 목소리였다. 강치우는 고개를 끄덕였다.

"두 사람 모습이 보여요. 그런데 빨리 돌아와야 할 것 같아요. 설명하기 복잡한데, 이쪽 상황이 좀 꼬여 있어요. 사람들이 다 여기로 몰려서…… 이해했어요?"

강치우는 다시 고개를 끄덕였다.

"지금 올 수 있겠어요?"

강치우는 고개를 끄덕이지 못했다.

"돌아가자."

강치우가 소하윤에게 말했다.

소하윤이 물을 흠뻑 받은 식물처럼 허리를 꼿꼿하게 세웠다.

"그래, 가자. 치우 씨. 다음으로 가자."

"그래. 그러자. 돌아가자."

강치우는 소하윤의 손을 잡았다. 강치우는 접어두었던 모든 레이어를 펼쳤다. 수많은 레이어들이 밤하늘 별처럼 다시 나타났다. 이 광경을 소하윤도 볼 수 있다면 얼마나 좋을까. 조이수는 볼 수 있을까?

"내 눈에는 다 보여요."

조이수의 목소리가 들렸다.

"내 생각도 들려요?"

강치우가 물었다.

"거기서는 생각하는 게 말하는 거니까."

"이제 돌아갈 거예요. 하윤이랑 같이. 우리 둘이 하는 얘기 전부 들었죠?"

"아뇨, 하나도 못 들었어요. 천둥 치고 폭우가 쏟아지는 레

딜리터

이어가 끼어들어서 소리를 전부 잡아먹는 바람에, 아무 소리도 못 듣고 개구리 소리만 실컷 들었어요. 거짓말이에요."

"멋진 거짓말이었어요. 하나만 물어볼게요."

"함동수."

"맞아요. 한 사람만 데려갈 수 있잖아요."

"그런데 데려오고 싶죠?"

"맞아요. 데려가서 벌을 받게 하고 싶어요."

"거기에 있는 게 벌은 아니고?"

"여기 와보니까 알겠어요. 이곳에서는 모든 기억이 조금씩 무뎌지고, 시간이 사라지고, 공간은 한없이 넓게 펼쳐져요. 함동수를 여기에 두고 갈 수 없어요. 기억하게 해야겠어요. 자신이 한 일을 기억하게 하고 싶어요."

"그럼 방법이 있어요."

"어떤 방법?"

"강치우 씨는 소하윤 씨를 데리고 나오고, 함동수 씨는 제 목소리로 데리고 나올 수 있어요."

"가능해요?"

"저는 강치우 씨가 보는 모든 레이어를 볼 수 있고, 목소리로도 그 안에 들어갈 수 있잖아요. 데리고 나올 수 있어요. 확실해요."

"알겠어요. 그럼 함동수를 찾을 수 있겠어요?"

"레이어 찾는 건 제가 훨씬 잘하거든요. 아까부터 찾아뒀어요. 이제 빨리 나와야 해요. 2번 문 바깥에서 누군가 지키고 있어서, 문을 열지 못하게 될 수도 있어요."

"누가요?"

"그건 와서 듣고, 빨리 나와요."

"알겠어요. 여기서 챙길 것 좀 챙겨서 금방 나갈게요."

"진실을 밝힐 실마리?"

"실마리가 될 수 있으면 좋겠네요. 고마워요."

"나도 고마워요. 픽토르의 강력한 힘을 깨닫게 해줘서. 돌아오면 여기서 내가 뭘 보았는지 다 말해줄게요."

4-7

실종자가 돌아오면 실종 사건은 성립되지 않는다. 소하윤은 돌아왔고, 배수연과 이윤기는 양자인 대표에게 사과했다. 양자인은 문제삼지 않겠다고 했다. 오재도 형사는 강치우에게 사과하려고 전화를 했다. 강치우는 전화를 받지 않았다. 문자에도 답하지 않았다. 강치우는 직접 경찰서로 찾아갔다.

강치우는 경찰서로 가기 직전에 책점을 봤다. 왼쪽 페이지에
는 "구동치가 세상 그 누구보다 잘하는 일은, 기다리는 일이
다"라는 문장. 같은 줄의 오른쪽 페이지에는 "사람들은 돌아
갈 길이 없을 때 어쩔 수 없이 행복해진다"라는 문장. 강치우
는 두 문장을 연결해보았다. 돌아갈 길이 없으면 기다리게 되
고, 기다리다보면 어쩔 수 없이 행복해진다. 대체로 맞는 말
같았다. 좋지도 나쁘지도 않은 오늘의 운세였다.

"뭐 마실 것 좀 드릴까요?"

오재도가 웃으면서 물었다.

"얼음을 넣은 싱글 몰트 위스키 같은 게 있으면 좋겠지만,
기대는 안 하는 게 좋겠죠?"

강치우가 대답했다.

"그거라면 있을 거예요. 잠깐만요."

오재도는 선배 형사의 캐비닛에서 위스키 한 병을 꺼내 왔
다.

"경찰서에는 별게 다 있네요?"

"모카포트로 뽑은 커피는 없죠."

오재도는 옥상으로 강치우를 초대했다. 매서운 바람이 사
방을 휩쓸고 있었지만, 옥상은 바람이 비껴가는 곳이었다. 오
재도는 한쪽 구석에 있던 담요를 가지고 와서 강치우에게 내

밀었다. 유리잔에 얼음을 가득 채우고 위스키를 부었다.

"와, 여기 뷰가 좋네요."

"소하윤 씨 건강은 좀 어때요?"

"지금도 아마 숲속을 뛰어다니고 있을 거예요. 건강합니다. 더 건강해져서 돌아왔어요."

"어디에 있었다는 얘기는 안 하고요?"

"안 물어봤죠. 그게 왜 궁금하실까요? 사건도 아닌데."

"그렇죠. 그냥 인간적인 궁금증이었습니다. 어젯밤에 제가 밤새 뭘 읽었는지 아십니까?"

"사건 파일? 아니면 실종되었다가 돌아온 사람들의 후기?"

"『캥거루』를 다 읽었습니다."

"아…… 혹시 『캥거루』라면 재벌의 성공 스토리와 가족의 파탄을 한 편의 시와 같은 문체와 스릴 가득한 플롯으로 절묘하게 재구성한 강치우 작가의 신작을 말씀하시는 건가요?"

"맞습니다. 제가 그 소설의 내용을 미리 읽었다는 거 아십니까?"

"어떻게요?"

"읽은 게 아니라 들은 거군요. 자인 서점 지하실에 갔던 날, 거기 앉아 있던 여자분이 읽어준 내용이 책에 있더군요."

"다른 책입니다. 일부 비슷한 부분이 있긴 하지만."

"그때 들었을 때도 인상적이어서 기억이 나더라고요. 제가 여러 번 전화 드렸습니다."

"네, 그러셨겠죠. 제가 여러 번 전화를 안 받았으니까요."

"이번 일은 죄송하게 됐습니다. 제 선배 중에 M&F라는 단체에서 일하는 분이 있는데, 그분이 자꾸 강치우 씨가 이상하다, 수상하다, 뭔가 있다, 그러는 바람에 이렇게까지 와버렸네요."

"저도 오늘 그런 일 때문에 왔습니다."

"그런 일이라뇨?"

"이상하고 수상하고 뭔가 있는 게 분명해 보이는 사건을 제보하려고요."

"제보요? 실종 사건입니까?"

"말하자면 실종 사건이죠. 뺑소니 사건 증거 인멸의 정황을 제보한다고나 할까요. 여기 자세한 내용이 들어 있으니 이따가 틈나면 읽어보세요. 읽는 걸 좋아하지 않는다고 하셨지만, 『캥거루』를 밤새 읽으신 걸 보면 이것도 가능하시겠어요."

"알겠습니다. 읽어보죠. 사죄의 마음으로 정성껏 읽어보죠."

"그러시면 안 되죠. 모든 사건을 공평하게 대해주셔야죠."

"알겠습니다. 공평하게 대하죠."

"이제 믿음이 가네요."

강치우는 작은 얼음들이 둥둥 떠 있는 위스키를 마셨다. 한

겨울 경찰서 옥상에서 도심을 바라보며 마시는 위스키 맛이 새로웠다. 코끝이 찡한 게 바람 때문인지 위스키의 향 때문인지 헷갈렸다.

"강 작가님, 어제 책을 읽고 나서 궁금한 게 생겼는데요."

"작가와의 만남으로 전환되는 코스였군요?"

"소설 끝부분에서 주인공이 어떤 선택을 할까, 고민하다가 끝이 나잖아요. 아버지의 비밀을 알아낸 다음에 그걸 이용해서 아버지를 몰아낼 것인가, 아니면 아버지의 비밀을 그냥 파묻어버릴 것인가."

"아니면, 나중을 대비해서 가지고만 있을 것인가. 그 뒤에 어떻게 되는지가 궁금하단 거죠?"

"아뇨, 그게 아니라요. 그런 걸 열린 결말이라고 하더라고요."

"오랜만에 들어보네요, 열린 결말."

"그렇게 열린 결말로 끝을 내는 건…… 왜 그러는 거예요?"

"닫을 힘이 없어서 그런 거죠."

"이렇게 길게 달려와놓고서는 마지막에 닫을 힘이 없다?"

"길게 달려왔으니까 닫기가 힘든 거죠."

"에이, 그냥 한마디만 써도 끝낼 수 있잖아요. '주인공은 비밀을 써먹기로 했다', 아니면 '주인공은 비밀이 적힌 종이를 불에 태웠다' 아니면 작가님 말대로 '비밀이 적힌 종이를 금고에 잘 넣어두었다'."

"소설 써보세요. 잘 쓰실 것 같아요."

"우리는 미제 사건이 있으면 진짜 찜찜하거든요. 공소시효
가 지났어도 미제 사건은 가슴 한구석에서 계속 스멀스멀거
리면서 살아 있어요. 범인 검거하고 조서를 완성하고 마침표
를 딱 찍어야 개운하게 잘 수 있어요."

"오 형사님은 소설 다 읽고 나서 어떤 결말을 원했어요?"

"저는 직업이 직업이라 그런가, 비밀을 써먹길 바랐죠."

"왜 그걸 선택했는지 아세요?"

"취향……이나 성격 때문에 그런 거 아닐까요?"

"오 형사님은 이야기를 읽으면서 상상 가능한 모든 미래에
다 갔다 와본 거예요. 주인공이 비밀을 써먹는 미래, 태우는
미래, 비밀을 보관하는 미래까지 다 갔다 와봤는데, 그중에서
비밀을 써먹는 미래가 가장 마음에 드니까, 그 미래에 살고 싶
으니까 그걸 선택한 겁니다."

"갔다 온 적 없는데요?"

"갔다 왔을 거예요, 자신도 모르게. 소설이 원래 그렇거든
요. 막 데려갔다가 다시 돌려보내고……"

강치우는 위스키를 모두 마시고 옥상에 붙어 있는 난간으
로 걸어갔다. 아래를 내려다보았다. 경찰차 두 대가 순찰을 마

치고 들어오고 있었다. 유치장에 면회를 다녀온 건지, 주변 사람이 사고를 당했는지 울고 있는 사람도 한 명 있었다.

"소설에 형사 한 명 나오잖아요. 취재 안 하셨죠? 현실하고 너무 다르더라고요. 나중에 형사 등장시킬 일 있으면 연락 주세요. 제가 자문 해드릴게요."

오재도가 옥상 아래를 내려다보고 있는 강치우에게 큰 소리로 말했다.

"오재도 형사님이야말로 현실 세계의 형사 같지가 않아요."

강치우가 돌아보면서 큰 소리로 말했다.

"제가요? 왜요?"

"형사님만 그런 게 아니라 우리가 다 그렇잖아요. 현실이 현실 같지가 않으니까."

강치우는 오재도 형사와 악수를 하고 경찰서를 나왔다. 강치우는 걷기로 했다. 적당한 추위가 반가웠다. 작업실까지 걸어가면서 오재도 형사가 말했던 열린 결말에 대해 생각하기로 했다. 하나의 결말을 선택하는 건 나머지 가능성에 대한 모독이라고, 강치우는 생각했다. 여분 레이어로 가서 수많은 레이어를 보고 온 후로는 더욱 그랬다. 조이수 정도의 능력은 아니지만 눈을 감으면 가끔 다른 레이어가 보일 때가 있다. 강치우에게 이제 현실은 현실 같지가 않았다. 보이는 것들은 보이지 않는 것을 덮어두기 위한 천막 같았다. 강치우는 그래도 결말을 닫아야 한다면, 어떤 방식으로든 사건에 종지부를 찍어야 한다면, 미제 사건인 채로 사건을 남겨두지 않으려면 어떻게 해야 할지 생각했다. 사람들이 인쇄 오류라고 생각하는 경우도 많았지만, 출판사의 양자인 대표도 극구 반대했지만, 최근 소설 『캥거루』의 마지막 문장에서, 강치우는 마침표를 빼버렸다. 현실에서 일어날 수 있는 모든 가능성들을 열어두고 싶어서

작가의 말

1

『딜리터 묵시록』의 마지막 페이지 마지막 문장은 '처음으로 돌아가 모든 게 지워질 때까지 백스페이스 버튼!'이다. 소설을 쓰면서 백스페이스 버튼을 하도 많이 눌러서 그 말에 공감이 갔다. 많은 문장을 지웠다. 그 문장들은 다 어디로 갔을까? 우주에도, 하느님의 키보드에도 백스페이스 버튼이 있을까?

2

책점에 등장한 책은 차례로 다음과 같다.

코맥 맥카시 『선셋 리미티드』(정영목 옮김, 문학동네)

아스트리드 린드그렌 『산적의 딸 로냐』(이진영 옮김, 시공주니어)

로베르토 볼라뇨 『2666』(송병선 옮김, 열린책들)

닐 스티븐슨 『스노 크래시』(남명성 옮김, 문학세계사)

커트 보니것 『제5도살장』(정영목 옮김, 문학동네)

김중혁 『당신의 그림자는 월요일』(문학과지성사)

3

소설에 등장하는 소설 『캥거루』를 쓰면서 노래 'Kangaroo'를 계속 들었다. '빅 스타'와 '제프 버클리'와 '디스 모털 코일'의 세 가지 버전을 알고 있는데, 나는 모든 버전을 좋아한다. 완성된 소설 『캥거루』는 현재 딜리팅된 상태다.

4

현실이 하나의 레이어라면, 한 권의 소설 역시 하나의 레이어 같다. 내가 읽은 소설이 무수히 많은 레이어로 쌓였고, 내가 만든 이야기를 그 사이에 슬쩍 끼워 넣었다. 시간이 한참 흐르면 현실 레이어와 소설 레이어를 구분하기 힘들 것이다.

작가의 말

5

주인공이 소설가라서 자전적 이야기로 오해할 수도 있겠지만, 건물을 보유하고 있지는 않다. 성격도 많이 다르고, 말하는 방식도 다르고, 표지에 나오는 인물의 생김새와도 몹시 다르다. 다만 소설에 묘사된 것 같은 딜리팅 기술은 어느 정도 가지고 있다. 여러 레이어 사이를 넘나드는 일을 하고 있다. 지금도 다른 레이어에 와서 이 글을 쓰고 있다. 안녕!

김중혁 장편소설

딜리터: 사라지게 해드립니다

ⓒ 김중혁

초판 1쇄 발행 2022년 8월 31일
초판 5쇄 발행 2022년 10월 25일

지은이	김중혁
펴낸이	지영주
편 집	황예인 한수림
표지 일러스트	@our own night
디자인	Desig 신정난
마케팅	노해담 김채린 한주희 정지혜 조영흠 최청지 이이현 김예원
경영지원	백종임 김은선

펴낸곳	㈜자이언트북스
출판등록	2019년 5월 10일 제2019-000085호
주소	경기도 고양시 덕양구 덕은1로 5 2층
전화	070-7770-8838
팩스	02-3158-5321
홈페이지	www.giantbooks.co.kr
전자우편	books@giantbooks.co.kr
인스타그램	https://www.instagram.com/giantbooks_official/

ISBN　　979-11-91824-13-1 03810